崖山绝唱

大宋帝国 9

葛红兵　王雷雷 著

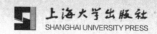

图书在版编目（CIP）数据

大宋帝国 .9，崖山绝唱 / 葛红兵，王雷雷著 .
上海：上海大学出版社，2024. 11. -- ISBN 978-7-5671-5108-6

Ⅰ . I247.5

中国国家版本馆 CIP 数据核字第 20247E50S5 号

责任编辑　徐雁华
助理编辑　陈　荣
封面设计　倪天辰
技术编辑　金　鑫　钱宇坤

大宋帝国 9：崖山绝唱
葛红兵　王雷雷　著
上海大学出版社出版发行
（上海市上大路 99 号　邮政编码 200444）
（https://www.shupress.cn　发行热线 021-66135112）
出版人　余　洋
*
南京展望文化发展有限公司排版
江阴市机关印刷服务有限公司印刷　各地新华书店经销
开本 710mm×1000mm　1/16　印张 12.5　字数 140 千字
2025 年 1 月第 1 版　2025 年 1 月第 1 次印刷
ISBN 978-7-5671-5108-6/I · 716　定价 74.00 元

版权所有　侵权必究
如发现本书有印装质量问题请与印刷厂质量科联系
联系电话：0510-86688678

目　录

一、纵谈大势 001
　　1. 夔州相遇 001
　　2. 荆襄论势 006
　　3. 访扬州 013

二、出仕潭州 021
　　1. 潭州出仕 021
　　2. 师徒传承 025
　　3. 家人团圆 030

三、义军出征 037
　　1. 大江暗涌 037
　　2. 新郢初胜 043
　　3. 义军出师 047

四、鄂州之战 052
　　1. 沙洋之骂 052
　　2. 鄂州水战 060
　　3. 暗渡青山矶 066

五、止水忠魂 075

1. 守饶州 075
2. 止水之殉 081
3. 造势 084

六、似道被贬 090

1. 临安召 090
2. 淮右失 093
3. 太皇太后之心 097

七、临安降元 102

1. 绸缪 102
2. 建康疫 105
3. 扬州英烈 108
4. 平江斡旋 112
5. 入元议和 117

八、宋室南奔 128

1. 瓜洲夜探 128
2. 乱世流亡 133
3. 岭南缠斗 141
4. 海丰之虏 149

九、忠贞不屈 151

1. 崖山一线 151
2. 最后的战役 156
3. 死亡的意义 163
4. 劝降 165
5. 坚强的心脏 179
6. 正气歌 187

一、纵谈大势

1. 夔州相遇

咸淳年间的夔州府，居住了许多北边和东边来的异乡人。这些异乡之客都说，虽然大宋国境北线战事不断，但是这夔州居然能够在战争的乱世给人提供安定的生活，大概是地处偏远又周围多山地的缘故。

夔州府周围连绵不断的大山，看起来都是人迹罕至的，实际上并非完全荒无人烟。大宋的边境从淮河往南移了之后，许多民间抗元组织据说都改头换面，隐姓埋名在了南方的山林里。

提起夔州府，当地人最骄傲的是"夔门"。夔门在一百多年里以医术、剑术双绝的游侠闻名于世，成为川、蜀两地名望最高的江湖门派之一。但是夔门并不是隐藏在大山深处的神秘组织：沿着南门出城的路一直走，碰到第一家酒馆的时候，再沿着岔路上山，便能到达夔门的所在地了。

这小酒馆现在坐着两个人，一个是身穿红衣的少女，一副不高兴的模样；另一个看起来是兄长，没怎么搭理少女，反而拿起桌上的酒壶往自己的杯子里倒酒。

第九卷 崖山绝唱

酒馆的小伙计颠颠地跑过来，对着长兄模样的人说道："楚宁大哥，你们的菜上来啦。"说着，把手中的碟子摆上了桌。

楚宁喝下杯中的酒，拿酒杯在桌子上磕了两下："师妹，你的功夫练出水平了，师父同意你下山游历，这是好事情，来，为兄祝贺你！"说着端起酒杯，往对面让了一下，然后仰头饮尽，道："村酒也有村酒的好处啊！"

少女生气地看着楚宁，叹气道："我要一个人游历，不跟你一起。"

楚宁放下酒杯，又要说话。

少女连忙抢在他之前开口道："别跟我说江湖险恶，说了我也不知道，反正我没有见过，我也不怕。"

楚宁道："我现在不跟你一起了，你自己走吧！"

少女立刻笑眯眯地拿起包袱道："那我就走啦，你别跟着我！"说罢转身欢快地离去了。

楚宁对着少女的背影微笑道："我要跟着你，你怎么会知道呢？"

这位夔门的女弟子，下山之后，便沿江而下，游历了长江南岸诸城，颇见识了一些风光。这一天，她又来到一座小县城。少女到这县城里住宿，却在街心处赶上一场热闹。

街心处团团围了一圈人，少女远远望见，便要看个究竟。原来是百姓当街拦了巡按的官轿喊冤。

少女暗道："稀奇，这老百姓喊冤，为何不到县衙之前，非得拦着巡按呢？"

正想着，谁知那被拦轿的官竟然真的停住了。轿子里走下一位儒雅的中年官员，向那磕头的百姓问："你为何拦着我的轿子

一、纵谈大势

喊冤?"

看热闹的人见如此,围观的更多了。拦轿人告的原是侵占土地的案子,案情并不复杂,那官员三言两语便找到重点,将事情分析清楚了。

周围的人啧啧称奇,磕头的告状人也感恩不已道:"大人明鉴,这地亩数虽然不多,却是小老百姓全家的命根子啊!若没有了这几亩地,咱们这全家,就不知从何处找生路了啊!"说罢磕头不已。

那官员止住了磕头的人,皱眉道:"这强占耕地案情原本并不复杂,为何竟然落到当街喊冤的地步?"便向周围扬声问道,"此地县衙在何处?"

这话一问,便有闲汉指了县衙的方向。

谁也没料到那官员亲自至县衙查探,为何这么简单的案子竟会被冤枉?当地父母官是何种品行?

没几日小县城就传遍了,巡按大人查出了一个昏庸的贪官。

少女见闻其事,便暗暗称奇,心想:人们都说官官相护,谁知道世间竟然真的有这种清明的好官!于是少女便上了心,暗暗跟踪了他数月。

此官员便是文天祥。当时文天祥正被贾似道一派排挤,所以才出京做了巡按,因此才有了被当街拦轿子喊冤一事。他自己做了这件事情,觉得理所当然,便接着一路巡去。

但是少女可没这么想,只觉得这事有趣。年轻的女孩子好奇心重,又因没什么别的要紧事去做,便跟着这"有趣"的人,看看还会有什么趣事发生。

文天祥虽然不在京城了,但是政敌们并没有忘记他。这一路上明枪暗箭的威逼利诱不少,文天祥始终不为所动。

第九卷　崖山绝唱

自从这日出手当街判案之后,京城的人更加顾忌了。他已经被"发配"在外了,怎么还不安分?终于动了杀心,想要置文天祥于死地。政敌便派出杀手去刺杀文天祥这个眼中钉,以便一劳永逸。

文天祥无论如何也没有想到,好好的巡查工作,竟然会碰上杀手。

马车行驶到一处郊外树林,居然出现了手持兵刃的蒙面人!随身护卫立刻上前,刀光剑影很快交织成一片!全无准备的文天祥心中暗道:"糟糕!难道我命休于此?实在是不值当啊不值当!"

护卫一边以身体遮蔽文天祥,一边奋起抵抗。那些刺客出手精准,目标明确——只冲着文天祥一人而来,随身的护卫眼见要护不住他了。

那夔门初下山的少女,站在高高的树梢上,一边看,一边思忖:"这好官好可怜!要不要救他?可是师兄说了,不让我随便管闲事的。"

护卫终于只剩下三两个了,家仆也伤成一片。文天祥撩衣后退时摔倒在地,仰头长啸:"难道我竟要丧命于此?苍天不仁,为何使宵小当道!"

少女见此情景,心中触动。一个身影从树上落下,几支袖箭分别射向几个蒙面人。蒙面人看到自己的同伴被偷袭,抬头看时,才发现竟然有个武艺高强的救兵!

少女伸出援手,击退刺客,救了文天祥,心中得意不已!

文天祥既被少女所救,便再三道谢。

孰料少女却道:"所谓路见不平,拔刀相助。这世间,只有恶人才应当受到报应,像大人您这样爱民的好官,自然是值得我等行侠仗义的,此乃江湖人的作风,大人不必放在心上。"

一、纵谈大势

初入江湖不久,少女说多了话便觉得自己有点装模作样了,有些微微脸红,于是抱拳行礼,便欲告辞。

文天祥向来少见这样飒爽的江湖女子,更兼此女言谈间颇有行侠仗义之心,于是便起了爱才之意。只是这女子心思烂漫,尚需要教导一番。文天祥问道:"什么是江湖人的行侠仗义呢?女侠可否为在下解说?"

少女停下脚步,想了想道:"惩恶扬善,锄强扶弱,匡扶正义。"

这几个词都是华训尚未出师的时候,师兄楚宁与她讲述江湖轶事时说起过的,所以少女自下山以来,只是隐约知道该怎么做,但是要让她说出何为"江湖侠义",实在是勉为其难。

文天祥便道:"女侠果然颇有正气。不知女侠做过多少锄强扶弱、行侠仗义、惩恶扬善的事迹呢?"

少女不知该如何回答,皱着眉头,又不高兴起来。

文天祥道:"一个侠士的能耐,在于一己之身的本事。当官的若是有能耐,便是要调动辖内百姓的能耐,使千万人的力量、能耐凝聚在一起。一个侠士救助穷人,惩罚恶人,便能使穷人翻身,恶人受到惩罚。为官若是做得好了,却能使得辖内千万人都不做穷人,能使辖内多数恶徒都受到惩罚。一个侠士,若是侠义之名扬天下,他走到哪里,哪里的正义便可以得到伸张。一个官员若是做到贤德能干,他不必行走天下,辖内的千万人都可以伸张正义。"

少女似懂非懂,不悦道:"文大人说当官的能耐比侠士大得多,竟然轻鄙江湖人吗?可是文大人就是被我这个江湖女子救了性命呢!"

文天祥笑道:"女侠勿恼。侠士所为,自然令人钦佩。只是文某窃以为若是使得千万人免于受苦受难,然后天下安定兴旺,才是真正的侠义。试想天下安宁、百姓富裕,难道不是行侠仗义者的期望吗?"

少女从未听人如此议论过家国之事,此时被文天祥一番话说得如醍醐灌顶,心中深以为然,当下便诚心诚意地道:"文大人所言甚是。"

于是文天祥便询问道:"文某自从入仕以来,便处处努力,为百姓、为大宋做个好官。女侠武艺高强,又有正义之心,不知是否愿意留在文某身边出力?"

少女从未得到过他人这样的开导和夸赞,心里雀跃不已。既感佩其高义,又见其相貌堂堂,正气凛然,于是便答应道:"夔门女弟子华训,愿意跟随文大人行侠义之事!"

2. 荆襄论势

咸淳八年(1272),入秋之后,荆襄一带的长江水一改夏天的滔滔之势,变得舒缓起来。

一艘大船在江面上缓缓而行。天是阴的,黑云低低地聚拢,两岸的景色越发变得晦暗。大雁的叫声响起,在江面上合着水声回荡着。

大船驶入这一幅江阔云低的画面中,竟然没有丝毫突兀。船首站立一人,身着青色襕衫,当风而立。他蓄着短须,轻轻地皱着眉头望向远方,江风扑在身上,衣袂被裹得猎猎作响。此人正是文天祥,原名文云孙,字履善。中了状元后,便以天祥为名,改字宋瑞,以示对大宋朝廷的忠贞之义。

"先生,看样子快要下雨了,先生想要看风景,不如到船舱里,临窗照样能看到的。"一位身着红衫的女子不知何时来到他的身

一、纵谈大势

后。这女子身材高挑,俊眼修眉,眉目中一股飒爽之气。

"问君能有几多愁,恰似一江春水向东流。李后主将国仇家恨比作春水,唉,自是人生长恨水长东,可就算这江水流尽,也流不尽我的忧愁忧思啊!"文天祥轻叹道,说罢,转身向船舱内走去。

"李后主?先生说的可是南唐后主李煜吗?"红衫女子问道。

"正是,华训也知道李后主的事吗?"

"南唐后主李煜,擅诗书、有文采,可惜虽然留有文名,但是却不会治理国家,最后落得个国破家亡的下场,只能说他是有小才而无大才者。"华训回答道。

文天祥哈哈一笑,道:"好一个有小才而无大才者,此句评得巧妙。只是,李后主这句'几多愁',在此情此景下,却是深得我心!"

华训初听到"此句评得巧妙"时,展颜一笑,再听到文天祥说李后主之句"深得我心"时,不由得蹙眉,心下暗道:这李后主明明是不祥之人,为何先生今日连连提起,甚是不吉,还是不要说他好了。想到此处,华训换了话题道:"想来璇儿该备好了烹茶器具,先生请快进船舱去吧。"

说罢华训快行几步,为文天祥打起了舱门的布帘。

二人行至内舱,果然看到一着杏黄衫的女子正在等他们。这个女子杏眼桃腮、嘴角含笑的模样。文天祥看到她,微微笑起来,点点头,杏黄衫女子便笑盈盈地答道:"先生回来了。我已经布置好,待会我们便可凭窗而坐了。"

三人进屋,但见船舱里临窗摆了一张黄花梨矮几,矮几旁边置坐褥,几上香炉、红泥小炉、扇、茶具等物一一陈设。窗户被支起,若跪坐在矮几旁边倚窗而观,江上风光便可尽收眼底。

文天祥回头赞曰:"璇儿办事,总是妥当。"

第九卷 崖山绝唱

杏黄衫女子闻言,抿嘴一笑,道:"今儿天气不好,只能拘在屋子里,所以璇儿就想,既不能外出取乐,干脆来个临窗听雨、坐而论道,如何?"

华训闻言,也道:"你这主意甚好,正好也有些日子没有听先生议论了。"说罢,转眼望向文天祥。

文天祥被两位女子逗乐,便暂忘了在船头所思虑之事,微笑着摸了摸短须道:"便依你们。"

这文天祥乃是理宗年间的状元,文采风流,曾经得过理宗皇帝亲口赞扬的。可惜此人仕途不顺,甫中状元时,便因丁忧返乡守制三年,不得做官。待到丁忧制满,返回朝堂时,却因与当时的丞相贾似道意见不合,政见不得施行,愤而辞官。辞官不过数月,又被宋廷召用。文天祥便准备大施手脚,可惜事与愿违,朝中贾似道一派隐隐独大,有把持朝政之势。文天祥既看不惯贾似道等人的做派行事,又不愿意趋炎附势,于是便遭到排挤,政令难行,被罢官返乡。可返乡后不久,另有以江万里为首的一股势力不愿遗贤于野,便再次启奏朝廷召用文天祥。文天祥再一次奉召入仕,仍然情绪激昂,不愿党同伐异,因此不消说,文天祥又辞官了。

这次辞官以后,文天祥的忧国之情反而更浓。虽然赋闲在家,但是他并不自弃。痛定思痛,文天祥决定趁着这暇时游历一番,考察大宋的风土人情并结交一些能人志士,探讨救国救民的良策。

文天祥既决定游历出行,便令其妻欧阳氏打点行装并嘱咐欧阳氏谨守门户,照看家里。

那欧阳氏是典型的大家闺秀,甚是贤良淑德,与文天祥少年夫妻,对丈夫从来都是言听计从的。文天祥吩咐时,欧阳氏便一一答应,从衣衫鞋帽到车马仆从,出行所需无不亲手准备,更是选出了

一、纵谈大势

有功夫在身的护院数名随行。文天祥见欧阳氏井井有条,心中甚是满意。于是对欧阳氏勉励一番,便放心地带着华训和李璇儿两名女子出游去了。

华训出身江湖,天性洒脱,不愿拘于后宅,文天祥每每出行,必带着她。

李璇儿的性子又与华训不同,她出身不好,却美艳聪敏。文天祥年轻时颇为风流,发现了李璇儿。初时,只听说她诗文皆通,且文字间并无吟花弄月之感。后来渐渐发现李璇儿言谈有物,偶尔一两次与她论及国事,亦有出奇见识。文天祥以为李璇儿与一般的风尘女子大为不同,是蒙尘的珍珠,于是便设法将她带回,随侍身侧。李璇儿既到了文家,便不愿意再提过去之事。

文天祥跪坐于窗边,李璇儿坐于对面仔细分茶,华训打横。

"先生前日拜访吕文焕将军,可有所得?"李璇儿问道。

文天祥闻言脸色一暗。他望向窗外的江景,空气湿润黏稠,像是要拧出水来——眼看就要下雨了。文天祥道:"咱们的大宋现今就像这江岸,明明有大好河山,却被风吹雨打,不知道哪日可复见明媚风光啊!"说罢,眼见着细雨飘下来,耳边响起沙沙的雨声。

李璇儿知道自家先生又触景生情了,便笑盈盈地说:"雨过自然天晴,这四季天气,还是晴天比雨天多!偶尔下雨,正好赏雨景。"

华训心中明白,文天祥自从游历以来,眼见占领了江北诸地的蒙古人飞扬跋扈地欺负汉人并且日益壮大,宋廷人患已成。然而他并不畏惧这眼见的危险,仍然想着有朝一日驱除他们,因此才沿着长江游历。因为长江乃是蒙古人必攻的防线,又是天险,文天祥此举也是希望将长江诸城联系起来,从上游荆州至下游扬州,各地的将士们同心同德,不至于各自为战。

想到文天祥的苦心,华训心中敬意更深。

华训道:"先生何必以此景譬喻国事?虽然风雨如晦,然而有长江天险及诸将守城,长江防线必不能破。"

文天祥蹙眉道:"四川既失去,荆襄之地便成了第一线。吕文焕将军确有守城之才,若兵精粮足,上下一心,确实能够抵挡住蒙古兵。"

华训道:"可恨那刘整,竟然将四川门户拱手送人,竟然没有家国之心么?"

李璇儿微微一笑,将茶盏奉于文天祥和华训,道:"华训这话说得简单了,那刘整明明是宋将,既受宋廷恩义,且家人皆在江南,又为何要叛宋?其中定然有不好说出的缘故。"

文天祥闻言,展眉道:"璇儿你来说一说,是什么不好说出的缘故?"

李璇儿道:"大军既成,军心尤其重要。可是人心岂是那么容易服从的?那刘整出身寒微,却是一步一步用军功升上来的,因此在军士中颇有威信。"

华训问道:"他既然得军心,又为何不好好统兵御敌呢?我可是听说有军中同僚弹劾他在军中独大,遇事不与人商议。"

李璇儿道:"此人不但出身寒微,而且在北地生活过,因此比一般的汉人都要痛恨蒙古人,打仗、行军、计策,都是以国家为先,并不爱惜生命。这么一来那些同僚们便对他有所抱怨,一是埋怨他得了军心,二是嫉恨他得了军功,三是明明嫉恨旁人得了军功,自己偏偏又不舍得拼命,所以官职还在他之下,因此看他越发不顺眼了。刘整出身北地平民,与他同级的军官却是江南人居多,并且多

一、纵谈大势

是将门之后出身,因此刘整与他们互相看不上。刘整看不惯他们的公子哥做派,认为这些人都是军中蛀虫无能之辈,而这些人却认为刘整太过于粗俗。"

文天祥道:"军中同僚看他不顺眼,却不知蒙古人探到这个消息有多么高兴!当时的蒙古军预备攻四川,但因为军中有刘整坐镇,因此啃不下这块硬骨头。得知这个消息,伯颜便使了一出离间计,先是让小兵往四川散布谣言,说刘整有怨,欲以大军降,同时使军中细作在军队里挑拨其中矛盾。对战之时,又暗令军士对刘整不可下杀手,以留出破绽。那吕文德、俞兴便以私心构陷,将谣言作为事实弹劾到宋廷。刘整也曾上折自辩,但是折子没有到临安便被吕文德之辈拦下了,竟未上达天听。如此数次,宋廷也起了疑心,刘整便骑虎难下,最终干脆投降了。"

言毕,文天祥端起杯盏,饮了一口茶润嗓。

华训道:"照这么说,那吕文德之辈虽然没有投降,却促使刘整降了蒙古,是大宋的蛀虫。"

文天祥放下杯子,接着说:"不错。似吕文德、俞兴之辈,才是祸国的根源。不论外敌多强,咱们宋人难道还惧怕了不成?大敌当前,这些人却为私利而内斗,白白消耗了许多人力,落在蒙古人的眼中,岂不是大大的有机可乘!"

说到内斗,文天祥想起了临安的政局,不由得又蹙眉思考起来。

李璇儿道:"先生说得不错,我们大宋从来都不缺少好男儿,不说岳飞、韩世忠曾令金人闻风丧胆,现在的襄阳守将吕文焕不也守了好几年?所以只要咱们江南上下一心,别说护卫宋廷,就是恢复江北也未必不能!"

第九卷 崖山绝唱

文天祥闻言精神一振，心想：难得璇儿看得如此透彻，自己明明决心要在这危急之时做一番事业，怎么反而把自己说得沮丧了，实在是不应当。

于是文天祥缓缓道："若要朝廷上下一心，便要整顿吏治。然而蒙古人依然压境，所以徐徐之策是不可行的，唯有内用重典、斩佞臣以安民心，然后外放兵权、令一大将统之，才能稍安政局。可惜我已不在朝，不然，非要弹劾奸佞不可！"

二姝闻言均默然不语。江上的雨不知何时渐渐变大了，沙沙的雨声变成了哗哗的水声，李璇儿柔声道："先生，雨势渐大，不如我们靠岸，待雨停了再走吧！"

文天祥摆摆手，李璇儿便出去交代。

华训望着窗外的烟雨，眼神也幽远起来。原本她学艺时，以为行侠仗义、锄强扶弱、扫尽世间不平事，便是造福百姓之举，现在想来，是境界小了。如先生所说，只有天下太平、吏治清明，才是百姓之福啊！

华训正要说话，看见文天祥蹙起的眉，脑海中没来由地出现一句"愿解平生不展眉"，不由得痴了，便再也说不出话来。

雨声和船底的水声都入耳，窗外的景色有了变化，想来是大船掉头了。

李璇儿又道："扬州有一人，名为陆秀夫，先生可曾听说？"

文天祥微笑颔首，若有所思。

华训道："此人我也知道，听说从小被乡里称为神童，长大却成了个中规中矩的士大夫。"

李璇儿点点头，道："此人少有文名，成人后更是守礼，对程朱理学及四书五经颇有研究。"

一、纵谈大势

华训道:"那想必此人也是有忠义的!"

文天祥摸摸胡子,道:"华训说得对,此人现在扬州李庭芝处为幕僚,我对此人神交已久,到扬州之后便可以设法拜访他。"

华训道:"那人想必也对先生神交已久,见到先生,必定欢喜。"

文天祥哈哈一笑,道:"华训说得对!"

3. 访扬州

千里江陵一日还。

第二日一行人便沿着长江拐入运河,然后弃舟登岸,由水门进了扬州城。扬州守将李庭芝是一位有作为的将军,手下颇多能人。扬州一地,不但军备充足,而且地方治理也较为开明。因此,这里百姓的生活也比较安定,市集人烟,比上游诸城好了许多。

一入扬州城,华训与李璇儿便被扬州城的繁华震惊了。

华训道:"没想到,扬州城竟然如此安定繁华,真令人难以想象,这里本是军事重镇啊!"

李璇儿叹道:"我们从长江上游一路沿江而下,也经过了好几个大的市镇。潭州、鄂州都是风声鹤唳,时时提防着北岸的蒙古军偷袭,这里的百姓却过得轻松。"

文天祥说:"你们看着这地方人们生活轻松?实际上是外松内紧。我们从东门水路入城,你们可曾注意,守城兵士皆表情严肃、眼神明亮、精神抖擞。虽然不多言语,但是出入城门的人们都落在他们的眼里。由此可知,李庭芝将军应是值得相交之人。"

一行人一边走着,一边感叹着扬州城在乱世中竟然有这样的繁华,一边探问到了李庭芝将军府的所在,于是文天祥便投递了名帖给李庭芝。

第九卷　崖山绝唱

按约定的时辰,第二日,文天祥便往将军府去了。

扬州是长江下游重镇,李庭芝在此镇守多年,赏罚并施,纪律严明,既得民心,又得军心。其手下人才济济,其中最有名的几人当属武将朱焕、姜才,幕僚陆秀夫。当时朱焕作战勇猛、性情练达,姜才忠心耿耿、凡事积极,二人为李庭芝的左膀右臂并任左右副制史。陆秀夫少时便有神童之名,其人文名远播,文字清丽、文理清晰,对学理亦有研究。此时的陆秀夫在李庭芝帐下多年,最熟知军旅事务,性格则谨言慎行,礼必躬亲。李庭芝数次迁官,都把他带在身边;李庭芝镇守扬州,他就替李庭芝主管机宜文字。更有一事,陆秀夫的亲事也是李庭芝夫人促成的,因此两人关系由内宅而及军事,与一般幕僚不同。

文天祥带着小厮打扮的李璇儿来到李庭芝府上,李庭芝在前院的花厅接待了他,李璇儿则被带路的李家小厮领到隔壁饮茶歇息去了。

文天祥趋而入,长揖到底,李庭芝则只拱了拱手,便令上茶看座。厅中另有一位儒服的文士,目光清朗,随着李庭芝行礼,也是长揖到底。李庭芝见文天祥注目,便代为介绍道:"这位便是陆君实先生,在我这里已有多年。"

文天祥立即肃容道:"久闻陆先生文名,心向往之,今日一见,果然人如其文!"说罢又是端正一礼。

这文士正是陆秀夫,当下亦行礼道:"某亦久闻宋瑞先生之名。"

李庭芝见二人礼毕,便道:"如此,便坐下说话。"

三人落座,随后侍女送上茶水。

李庭芝观文天祥面有青红痕迹,心中疑惑,更不喜他来自家做

一、纵谈大势

客时仪容不整,于是免不了蹙眉头。

李庭芝问道:"听闻文先生近来沿长江游历,感想如何?"

文天祥道:"长江两岸皆是大好河山啊!"

李庭芝叹惋道:"可惜江北已入贼手!"

文天祥诚心诚意道:"长江诸城,唯有扬州最为安居繁华,此多赖李公也!若大宋官员都如李公事理清楚,百姓何愁不安居呢!"

李庭芝听了却面有忧色,但仍悠悠道:"安百姓、定地方,此乃官员之本分!"

文天祥见状便试探道:"我沿路观察,两国交战,不可说是民不利、战不力,反而是官吏太过保守,若官吏齐心、勠力抗敌,何愁蒙古军入侵!"

李庭芝击掌道:"不错,可惜大宋官员不能一体,更缺乏中流砥柱,唉!"

陆秀夫则道:"吏治乃是国之大事,自古以来皆是如此。当下大宋,实在需要能吏啊!"

文天祥道:"当下之时,哪里容得徐徐而治!乱世用重典,亦应快刀斩乱麻,不拘一格用人才是!"

李庭芝道:"襄阳守将吕文焕守城数年,可谓能吏!"

文天祥忧色道:"唉,襄阳事有危!蒙古大军压境尚且不惧,可后方辎重粮草每每不足。吕将军无论如何都须苦苦支撑,其原因不仅在于一城一地的得失,更重要的是长江诸城守将隐隐以吕文焕为首,所以吕将军更加必须守住襄阳啊!"

李庭芝扼腕叹息,道:"确实如此,襄阳重镇若是有失,长江自襄阳以下诸城都将有危险。吕将军殊为不易!"

文天祥便进言道:"张世杰等人,皆为可用之将。我观察江北

第九卷　崖山绝唱

蒙古军事,亦颇有想法……"

陆秀夫本精于军务,听到这里不由得精神一振。

文天祥道:"自四川沦陷之后,蒙古人获得了很多能工巧匠。听说蒙古人将俘虏的船工集中起来格外对待……现在的蒙古大船也已经有了水密舱分割和水底橹。那水底橹用得好的时候,夜里行军动静极小,这原本是咱们大宋独一无二的造船技艺。若要破这种大船,必须以小艇载十数精通技艺的水兵趁着夜里潜入船底,破其关窍之处。好在时日尚短,这种大船在蒙古军中不过数艘而已。船只,尚且有办法破坏。我所担心的是,蒙古获得四川之后,川军中很多擅长水战的将军和士兵,也落入蒙古人的手中。眼下虽然尚未开战,然而我这一路走来,看到蒙古军的阵容,队伍整齐,旗帜鲜明。船只停泊和岸上营地,排列之间隐含阵形,他日蒙古水军练成,乃是大患。"

陆秀夫道:"我大宋江防最优于北方的,便是咱们的船只数量多、大小船只行动还配合着水上阵法。照宋瑞这么说,难道蒙古军已经懂得水上阵法?"

文天祥道:"蒙古军的水军装备提高很多,然而跟咱们的水军相比,还是有很多的不足。我们只要兵精粮足,并不惧怕他们。"

李庭芝傲然道:"不错,凭他们学了咱们的多少技艺、兵法,也不过是汉人的学生而已。岂有老师怕学生的道理?"

文天祥喜道:"正是如此!长江本是天然屏障,只是在下窃以为,若是长江诸城能够首尾呼应,诸将领摒弃私心,共同作战,长江江防便能更加牢固!"

三人在花厅激昂谈论国事不提,李璇儿已经在隔壁休息的梢

一、纵谈大势

间与侍从聊起来。其中一少年,亦作小厮打扮,乃是陆秀夫的随从。

李璇儿寻了一个别人说话声音都低下去的间隙,皱着眉头长吁短叹地说:"出门可是要看皇历啊,像我家先生,好好的出游还险些送了性命,真是倒霉!"

她的声音不小,有好打听的小厮便过来问:"这是为何呢?"

李璇儿叹道:"还不是因为蒙古人!"

李璇儿偷眼看到陆秀夫的小厮虽然没有过来打听,但是脸上也露出了注意的表情。

李璇儿无精打采地说:"说来话长!蒙古有个伯颜,号称大将军,不知从哪里听说了我们先生,便欲招纳!"

此言一出,众皆哗然,觉得不可思议。其中一人道:"伯颜是蒙古军中将领,我是听说过的,听说甚是得到忽必烈的重视。他为何要招降你家先生一个汉人?话说,你家先生是谁啊?"

李璇儿道:"哼,说起来,我家先生可是理宗年间的状元,也是当过大官的!哎,这招降,别说你们不信,我也不信,我们先生更不信,直说不知道哪里来的骗子,便把那来人给骂回去了。谁想到这一路上游历,三番五次遭人追杀。哎,你们别不信,就前天还有一拨呢,我们华训姑娘生擒了一个,一问之下竟然又是那伯颜派来的,你说可不可恶?"这一番牢骚虚虚实实,已经有人信了。

有一人疑惑道:"那人不是拉拢你家先生么,为何又派刺客呢?"

李璇儿道:"我也不懂啊,只是那人都招认了。说什么伯颜密令:有大才者,不能用之,便要杀之,必不能使文先生为宋廷所用。要不然怎么会连我们这等随从也要担惊受怕呢!"

第九卷　崖山绝唱

李璇儿见陆秀夫的小厮一副若有所思的样子，便住了口，说罢长长地叹了一口气。

又有人问："真是蒙古人？"

李璇儿不耐烦道："那俘虏就是咱家先生送给李大人祭旗的礼物，你若有疑，去看看就是！"

小厮中有从前院经过见到了那蒙古俘虏的，便力证道："可不是！我见到过。那蒙古人，生得甚是高大，脸盘子也大，眼睛却小，望着可吓人！"

一群人七嘴八舌，差点把蒙古人形容成恶鬼。

这一番议论又热闹起来，李璇儿知道该听的人都已经听到，便不再就此事多言。

花厅内的叙话也已经到尾声，文天祥对李庭芝道："路上偶遇蒙古人行凶，被我身边护卫活捉一人，因不知如何处置好，特将此俘虏送至李大人处，或于军务有用！"

李庭芝今日一番交谈，已经有所触动。因此虽然说这送俘虏一事令他不解，但他还是颇为豪迈地说："本官定然上表，为文先生记功。说不定先生复起之日亦不远矣，早晚与先生共同出力抵御蒙古人侵略！"

文天祥又是一揖到地，道："我所愿也！"

至此宾主尽欢。

陆秀夫既艳羡文天祥的磊落风度，又感佩他的忧国之心，便主动代李庭芝送客到大门，于是二人携手而出。

文天祥知道陆秀夫是一典型的士子，此次拜访于礼节、细微处格外注意；又议论国事军务，多从大处着眼。原来陆秀夫虽然精通

一、纵谈大势

军务,然而多是细务,文天祥将游历见闻与国事议论相结合,侃侃而谈,令陆秀夫耳目一新。

陆秀夫道:"宋瑞所言,令君实大开眼界。"

文天祥谦逊道:"哪里哪里!文某自从沿江游历以来,见世情、军务、吏治都有所变化,总是免不了忧心牵挂,故此感慨罢了。"

陆秀夫道:"若不是宋瑞你着意于此,哪里又会有这许多感慨呢!"

二人在前院越走越慢,至前院门口又议论许久,陆秀夫方回。

陆秀夫的小厮接着主人,见主人与文天祥谈论后神情激动,便将李璇儿所言遇刺一事略略说了:"那文家小厮,好生懊恼,说跟着他们家先生出游一次,本以为可以见识一番,不想三番五次落于险境,着实令人惊吓。"

陆秀夫闻言,更加疾步往花厅而去,见到李庭芝正挥手命令一小将——那小将乃是李庭芝手下主管刑狱的李平,往外走去。

李平见陆秀夫前来,乃停步行了一礼,便退下了。

陆秀夫入得厅中,李庭芝正拈须不语。见陆秀夫前来,便问道:"先生以为文天祥此人如何?"

陆秀夫神情激动,道:"文天祥此人不但有见识,而且行事颇有古风。只是可惜了!"

李庭芝微微一哂,道:"确实可惜了。适才李平来报,那俘虏的蒙古人招了,确实是伯颜军中派来刺杀文天祥的。不仅是他文天祥,这类刺杀于蒙古军中也不少,虽然伯颜本人未必管这些事情。"

陆秀夫感到不解,道:"李大人将作何打算?"

李庭芝负手踱步,道:"遗贤于野,确实是令人遗憾之事。文天祥本就处境微妙,他有此心愿,又有此行为;既然来见我,必也是有抱负、愿意为家国出力的。我将上表,请朝廷为文天祥授官。"

陆秀夫明白过来,儒家的士子,谁不佩服以救国济民为己任的人呢?于是便道:"国事为大,这几年来,蒙古军每每压境,令大人甚感吃力,愿文天祥入仕,积极进取,大人便得一强援。"

李庭芝看了看自己的幕僚,道:"但愿如此。"

然而这事一直到第二年,才有契机。

第二年开春,又发生了一件大事,令大宋陷入了新的危局:襄阳城丢了。

二、出仕潭州

1. 潭州出仕

咸淳九年(1273),大宋皇宫。

杨花飘飞的时候,襄阳失守的消息传来,朝廷诸公都傻了眼。懂得地理的官员私底下也会说"襄、樊已失,若大军顺水而下,临安危矣",然后摇摇头,叹口气,闷一杯小酒。可是到了殿堂上,谁也不敢说这种话,只有监察御史陈宜中议论襄、樊之失,说是皆由范文虎怯懦逃遁所致。

大家说起襄阳战败的祸源,都是因为范文虎及俞兴父子作怪。京湖制置使汪立信亦侃侃而谈:范文虎身为三卫长,却在战事开打之前胆怯而不敢应战。俞兴本是庸才,就是他当初的挑拨激叛了刘整,导致大宋失去一员大将,若是当初刘整未叛,四川尚在,襄阳至今也不会面临灾祸。

此言论一出,朝廷也很快有了旨意:以张世杰督驻军并代守郢州,俞兴之子俞大忠除名,循州拘管。于是江汉、江淮两地军事重新部署,李庭芝领了淮东制置使兼知扬州。

诏令既出,朝中气氛便不那么紧张,襄、樊失守这样的大事,虽然事后的议论免不了有马后炮之嫌,但毕竟还是盖棺论定了。

除此之外,诸臣包括贾似道在内,虽然照例就此事议论议论,却拿不出什么对策来。抱着惶恐之心观望了一阵子,期盼着或许有能阻住蒙古大军的办法。竟然天遂人愿,此后蒙古军竟然真的没了动静,一打听,原来是蒙古北方有叛乱,因此忽必烈无暇南顾了。于是君臣齐齐松了一口气:叛乱吧,越久越好呢!

饶是如此,整个二月里,皇宫里也还是弥漫了一段时间的恐慌,身着夹袄的小宫女们走在皇宫内都是贴着墙脚战战兢兢的。可是眨眼又过了一个月,偶尔有小宫女议论着,今年的杨花飘得那么多,不也还是那么快就到了暮春时节?换上了杏子红的夹衫,偷空便可往御花园去欣赏草长莺飞了。

但是谁都知道,危局仍在,都不敢真正放松一点。这个时候,众人想的是:"哪个不怕死的能站出来,承担这个危局呢?"

崇政殿内,面色青白的赵禥不耐烦地望着丹陛前唾沫横飞的丞相,很不明白先帝的这位小舅子又想出什么幺蛾子了。好像是要给一个叫文天祥的人授官?这个人倒是听说过,授官辞官的,都闹过好几回了。大殿上,赵禥一想事情便觉得自己的身子摇摇欲坠,腰那儿好像有千斤重,人也坐不住了,便情不自禁地往下缩了缩,将瘦小的身子缩到大大的龙椅里,总还觉得哪儿硌得慌。唉,这破椅子,褥子不够厚,怎么着都是硬邦邦的。

丹陛下,贾似道正侃侃而谈:"文天祥既有状元之才,又有游历之经验,这样的人才是文武双全的。扬州李庭芝上表也说,这人确实是有能耐的,臣请皇帝召他入朝,做个文成武就的将军,咱便也不怕那蒙古人年年吓唬人了。"

二、出仕潭州

贾似道谈到最后,照例有几个站在末尾的文官撇了撇嘴道:"做了这么些年的宰相,大殿上说个话,还像是说戏文似的。"撇完嘴,几个小小的文官心虚地左右看了看,见无人发觉,又意味深长地相互对视几眼,心照不宣地摇了摇头。

贾似道说完一大通话,心中也得意起来,仿佛自己是那慧眼识千里马的伯乐。这一回说不定文天祥入朝见了自己,还是得恭敬地称呼自己一声"丞相大人",即便跟上一回那样弹劾自己,见了面不还是得行礼么!这一回倒好,你弹劾我,我却举荐你,这正是"宰相肚里能撑船"!反正仗也在打,多个人使唤,自己也不用出力了。

下面贾似道依然喋喋不休,上面皇帝已经昏昏欲睡,想到春夏秋冬四美的高床软枕,他忍不住想要打个哈欠,恰好听到贾似道忽然提高声调道:"臣请皇帝召他入朝……"不由得打了个激灵,硬生生将哈欠咽下去。"他?他是谁?哦,那个闹辞官的。嗨,给他的官他又要辞掉,不是瞎胡闹嘛!算了,既然老国舅还要给他官,那就给吧!"

想到这里,皇帝刚准备开口,说一声"准"。突然旁边有一人出列道:"臣有异议!"

皇帝惊愕了一下,老国舅的话,谁敢有异议?

贾似道面色难看地回头去看,谁这么不识抬举?待看到是监察御史陈宜中时,面色便缓和了。这陈宜中,在太学生时期便是有名的"六君子"之一,景定三年(1262)取得廷试第二,后任绍兴府推官校书郎。这校书郎一任便是数年,还是走了贾似道的路子才出任了监察御史,因此在贾似道眼中,他算是自己人。

陈宜中明白,为官要趁早,走贾似道的路子,也是不得已,但是眼下还须小心行事。

陈宜中进言:"文天祥此人,虽可为官,却不宜做京官。"

皇帝勉强收了收神思问道:"为何?"

陈宜中声音清朗,胸有成竹道:"李庭芝将军表中言文天祥于军事有见解,懂得军事之人,正是我大宋当下奇缺的。近年战事每每不利,不正是军事不利的缘故?文天祥正可解此难题。此其一也。其二,襄阳之战后,我方形势已然不利。文天祥游历多时,熟悉长江沿岸的地理、水文、风土人情,若以此人前线指挥,必能因地制宜,捷报频传。其三,文天祥此前入仕多次,在京为官总是与人争执,任性之下便要辞官,行为实在不妥。不如使他远离京城,方能人尽其能。因此,臣奏请授文天祥领一地方大员,并于军事上也令其便宜行事。"

贾似道也被陈宜中一番进言弄得莫名其妙,但是不管怎么说,架子还是得端着。他阴沉地用眼角投过去一眼,陈宜中立刻机灵地靠近贾似道,附耳说道:"京中诸事体,在下便可。"

贾似道似乎明白过来,文天祥外放也好,反正翻不出花样来,便开口:"陈大人所言甚是,臣附议。"

陈宜中立刻跟上说:"荆湖南路提点刑狱使一职空缺,文天祥可任其职。"

这下子皇帝再也没有犹豫地吐出一个字:"准。"

陈宜中松了一口气,殿上众人也都松了一口气。

又一场朝会安稳地结束了。

下了朝,陈宜中等贾似道周围的趋奉者走尽了之后,靠近贾似道,拱手道:"多谢丞相美言。"

贾似道自以为人心在握,哈哈一笑,将袍袖往后一甩,道:"你我同朝为官,更要同心同德才是,陈大人,你说是不是呢?"

二、出仕潭州

陈宜中执礼甚恭,道:"丞相所言甚是!下官受教了!"

贾似道哈哈大笑着,潇洒地扬长而去。

陈宜中直起身子,皱眉望着贾似道的背影消失在宫门外。

2. 师徒传承

荆湖南路提刑官的衙门设在潭州城。

圣旨颁下的时候,文天祥仍在扬州、苏州一带游历。接到陆秀夫的报信,文天祥才知道自己又要当官了,当时便奉了圣旨马不停蹄地直接往潭州而去,不日便走马上任。

至潭州之后,稍作安置,文天祥又令人接其家人女眷等,从老家直接去往潭州城。

家事稍定,文天祥又要出门。

李璇儿便问:"夫人昨晚到来,今日应是家宴。先生又要出门,是有什么急事?"

文天祥笑道:"并非公务,但是这事越早越好。我要出门拜访一位名人前辈!"

文天祥上任伊始,便欲拜访一位名人前辈。此人原名江临,字子远,号古心,拜相之后更名江万里,是有名的贤臣。嘉定年间便入贡大学,受到当时的太子、后来的理宗皇帝赵昀的赏识,曾三度拜相,乃是有见识的老臣。文天祥当初遭受贾似道一派排挤第二次辞官之后,便是江万里打通关节令他入仕。其人正直敢言,政见常与贾似道相背,且博学多才,是士林的领袖,正是与贾似道一派隐隐对抗的政治势力。江氏一族在当地亦是名门望族、传统的理学世家。江万里的祖父江璘,一生修治儒业,终生隐居,教授乡里;父亲江烨,祀世积德,以诗书耕读传家立户,早岁粹于经行,户履常满,经其指授,多所成达,是个非常善于教导后代的儒士。江氏一族经其祖、父两代传承,其家族子弟多有擅长诗文、策论、儒教者,出了许多有名望并且品德高尚的人。江氏家族的人文教育非常重视古文写作,有人赞扬他们的古文可以媲美欧阳修和韩愈。有此家学渊源,江氏一族人才辈出,学生、门人更是遍布江南江北,是真正的世家大族。另外,江氏家族又被称为"三古家族",此雅称是从何而来?原来江万里有两个弟弟,其一名江万载,号古山,绍定二年(1229)以武阶从三品的身份参加文举舍选,被赐进士及第,累官至礼部尚书;其二名江万顷,号古崖,初以明经乡举登翰林庶吉士入仕,历任地方官和朝官,累官至户部左侍郎。这兄弟三人显于当世,为天下世人所慕,时人以"三古"雅称之。

当初,江万里为官之余,也致力于教书育人、提携后进。江万里创办的白鹭洲书院誉满江南,是天下读书人向往之地,文天祥中状元之前便在那里读书求学,所以文天祥便称呼江万里一声"尊师"。

文天祥授荆湖南路提刑的时候,恰逢江万里领荆湖南路安抚大使兼知潭州,因此文天祥一到潭州便寻找机会拜访这位老师。

拜帖已递,文天祥便轻车简从地往府衙而去。

管事领着文天祥一路径直前往书房,等候不过片刻,文天祥便见侍女打起帘子。门帘闪动处,一位精神奕奕、面容慈祥的老者走进来。

文天祥立时前趋而跪,称:"学生文天祥,见过先生。"

江万里和蔼地虚扶一下,道:"宋瑞请起!"

文天祥起来,这才抬眼看了看自己的老师,只一眼便望见了老师须发已然皆白,后背也微微佝偻了,不禁眼睛一酸,眼泪满眶,欲

二、出仕潭州

语竟凝噎起来。不想一别经年,老师竟然老迈至此,可知国事家事,老师是操心多矣!他使劲眨了眨眼睛,将一瞬间的戚容收起,换上了温婉恭敬的仪容。

这一幕全落在江万里的眼中。江万里乍一进门,见自己的得意门生雄姿英发,再想到他这些年的名声,仕途沉浮之间,竟然颇有自己当年的风度,不由得心中微微得意,感叹后继有人。第二眼,又见文天祥竟还是一副性情中人的样子,可见即便官宦生涯这么多年,他仍保留了一颗赤子之心,难能可贵啊!心思转到这里,面上更加柔和起来,道:"坐下说话吧,你我师生多年不见,不必拘礼。"

文天祥再拜,方才在下首的椅子上坐了半边。

待文天祥殷勤地叙了寒温,问候了家人,江万里便悠悠问起了文天祥这些年的为官心得以及这次做官的打算。

文天祥恭敬道:"学生虽然数次辞官,但是未敢稍稍忘却先生当年教诲。白鹭洲书院讲道之时,先生曾说'达者济于天下',所谓经世致用,定要将经济之道用在世情上,造福百姓,此为大善。即使不能兼济天下,也要独善其身,以自身风度教化一方百姓,此为小善。学生愿做大善者,因此等闲未敢懈怠,近年既游历且思索,如何才能造福百姓万民。"

江万里欣慰地看着自己的学生说:"你且说来。"

文天祥便将近年游历的所见所闻、所思所想一一讲来:"自南渡以来,我大宋江山只半壁矣。虽然如此,百姓安居,我朝仍可称得上是繁华。只是蒙古逐渐势大,四川既失,长江一线陷入危境。学生沿着长江游历,所忧患的并非兵将不力,而是人心不齐啊!由于人心不齐,余下诸军事细务,譬如粮草跟进、人员调配便不能统而筹之,此大患也!先吕文焕在时,尚且能勉强以一力威望令长江诸守将首尾呼应,但吕文焕既降,只怕长江诸将人心浮动。"

江万里忧色深重,道:"你所言之事,我亦尽在考虑。此番你来潭州,我这心里大为欣慰。在军事上,吾已有所打算。若是蒙古军分兵驻守襄阳诸城,我方便可引兵拒之,倒能成为相持之势。长江诸将,老夫亦有些薄面,若是此等形势发生,我们师生便一力扼住长江中游重镇,知会下游诸将领,只如常紧守门户即可不败。"

文天祥肃容道:"先生思虑甚是!"

江万里摆摆手道:"可我心中另有一个担忧,若伯颜不愿意分兵据守城池,那可就麻烦了!蒙古军向来好战,若伯颜大军克襄阳而复弃之,顺水而下,不说长江诸城,临安亦危亦!"

文天祥大惊道:"若是如此,先生可有对策?"

江万里长叹道:"若伯颜如此英明,我亦无有好的对策,唯有尽力而已。"

文天祥默然不语。

江万里道:"若是伯颜军顺水而下,长江诸城守将又不能同心同德、互为照应,那才真是下下之境况!我已密令三古家族中成年子侄璆、鉦、铭、钰、镐、铎、铸、玥等人于各地招募民间志士组织义军,于今有数万人矣。目下吾侄江璆总揽招募事宜,往来收拢的义军,多交付于他;侄江鉦目下总领水兵操练,说到这里,正有一事与你商讨。"

文天祥听得老师为了国家大事,竟然不顾毁誉,自己招兵买马建立起一支义军,不由得大为钦佩,待到听老师说"有事商讨"的时候,忙站起来道:"先生但请吩咐。"

江万里道:"义军已成,我欲以水军操练之法练兵,可惜尚未有

二、出仕潭州

合适的水域。鄱阳湖水域宽广,只是义军以鄱阳湖练兵,需要你的协助。"

文天祥一怔,老师身为知府,为何练兵还需要自己的协助,转瞬又明白过来,此水军乃是一支生力军,老师此番嘱咐,实际上是给自己行了极大的方便,如若不然,光纸上谈兵,手中没有兵马,又能做成什么事呢!想到这里,文天祥面露感激之色,不由自主地下跪,仰面答道:"定然不负先生所托!"

这一番托付,不仅是将军权与他分享,更是将整个家族的身家性命乃至大宋未来相托,文天祥心中怎不激荡!

江万里见他明白自己的意思,便欣慰地微微点头道:"你不用担心军费,吾弟子坎亦游说三古家族尽出其财,足够支撑五年,后续所用,便再想一法子吧!"

文天祥惊呼:"江万载大人亦为此事奔走!"

江万里点头:"此乃匹夫之责矣。"

文天祥心中激荡难言,老师这才是真正的大义!原来自己自许忠义之名,比起自己的老师来,乃是烛火萤辉对比日月,望尘莫及也!

几上茶水已凉,文天祥饮了两大口,才将心神缓缓地定了下来。见老师凭窗而立,心中不由得道了一声"惭愧"!

江万里观其面色变化,又是一叹:"为师今年已然七十有六,可称暮年矣。当今之乱世,天时、人事恐怕都会有大变化。我阅人多矣,但是治理国家的责任,以吾观之,就在你身上,望你努力!"

文天祥动容道:"先生老当益壮,何出此言?先生教诲,学生定当自勉!"

稳了稳心绪,文天祥略带激动地开口道:"先生事事周全,正是我辈治国平天下的表率！只是说到军事，学生尚且有一事忧心！"

江万里目视文天祥，道："何事？且说来。"

文天祥目不斜视望着自己的老师，道："四川降后，襄阳亦失，我大宋西北门户大开。虽说雪山丛林，种种天险，都是易守难攻的，然而万一蒙古人分一军从西方迂回而入，取道吐蕃、大理而至广东，与江北这一支呈包抄之势，如之奈何？西南水路多是通的，若走水路，我大宋便更危险！"

江万里闻言一惊，暗暗想到，于大局上，宋瑞竟然心思如此缜密。襄、樊之战的时候，蒙古兵不是借路大理，行了迂回之策么？西部虽险，但并非无路可入，看来这里亦要布置一番。当下便道："宋瑞所言甚是，我们须得防着这一招。四川虽降，蜀地尚有数城可以经营。西南诸地，易守难攻，为今之计，只能先知会各部谨慎守城了。当务之急，仍是先要守住长江才是啊。西南，西南，唉，为师尚未有万全之策。"

师生二人足足谈论了半天，茶上过三次，又冷了三次。等婢女来换的时候，二人才发现，已经到了午饭时。

文天祥留下来用饭，便有江万里的子侄辈数人相陪。席间免不了些许谈论以及觥筹交错。等到文天祥告辞出来时，已经是午后多时了。

3. 家人团圆

文天祥中午饮了点酒，有些微醺上头，然而因与老师的交谈鼓舞了士气，所以回到提刑衙门后院的时候仍然是神智清醒的。这提刑衙门后院正是文天祥家眷居住的地方。

刚入院门，一个明眸皓齿的可爱小姑娘，笑着向文天祥小步跑

二、出仕潭州

过来,到跟前执住了文天祥的袖子,笑眼弯弯地仰头看着他,直唤:"爹爹!"

后面有家人赔笑道:"二小姐早起便去寻大人,得知大人出门了,便在这廊下站着等大人归来,直直等了好半天呢!"

这小姑娘乃是文天祥的二女儿,出生的时候文天祥因辞官而赋闲在家,当时是二月,家人来告诉他女儿出生之事。他正好透过窗户看到飞来的燕子停歇在柳枝上,柳枝被燕子踩得一晃一晃的,小小的绿芽抖动起来。文天祥以为吉兆,心中喜悦,便为小姑娘起名为文柳,家中皆唤作柳娘。

柳娘如今越发冰雪聪明,虽然有点调皮,但是因为大体上不失礼,并且言语机灵,因此最得文天祥宠爱。这次随母亲到潭州来,昨天到达的时候,恰好在车上睡着了,并没有见到父亲,所以第二天小姑娘便迫不及待地等着要见父亲了。

柳娘抬头望着自己的父亲,父亲那么高大和蔼,柳娘眼里一片孺慕之情,开口道:"父亲,柳娘足足有一年没有见到父亲了,心中很是想念。"

小小的女孩子裹在湖水绿的襦裙里,在阳光里微微仰起头,泪盈于睫。这样的女儿,任凭哪一个父亲不愿意把她当作掌心的明珠呢?

文天祥柔声道:"为父也很想念柳娘呢!咱们进屋说话吧,外面太阳大,晒坏了柳娘可不好。"

柳娘不好意思地含泪笑起来,道:"父亲,对不住,柳娘太想念父亲了,所以失了情态,忘记了《女诫》的教条,请父亲莫怪。"

文天祥一边往里走一边问:"怎么,柳娘已经开始读《女诫》了吗?"

柳娘讨好地回答:"是啊父亲,里面的字我尽都认识了!"

听着这孩子气的回答,文天祥哈哈大笑起来,问:"字都认识了?那可懂得字里都是什么意思吗?"

柳娘笑盈盈地回道:"不懂呢!母亲有时候会给我讲一讲其中的道理。"

文天祥说:"《女诫》读一读,明白道理就算了,不必拘泥于其中教条。若是觉得读书有趣,我寻两本唐人诗集给你消遣吧!"

柳娘闻言眼前一亮,高兴地越步向前,向父亲行礼道:"谢谢父亲大人!"

文天祥见柳娘行礼端正,颇为高兴,正好欧阳氏迎出来,便对她道:"女儿你教导得很好!"

欧阳氏见文天祥容光焕发,便打趣道:"谢谢夫君夸赞,可惜妾身费尽心思教了女儿大半年的《女诫》,女儿见了你这个宠溺的父亲,便将它丢在脑后了!"

文天祥仍是很有兴致地说道:"哎,夫人,我们的女儿明白道理、懂得礼仪就好,就这样子活泼泼的,才不失为女儿家的本性嘛!"

欧阳氏闻言无奈地一笑。

当晚欧阳氏便在后院正厅开了家宴,夫妻二人携子女团坐,姬妾数人侍立。文天祥长女定娘、次女柳娘、三女环娘、四女监娘、五女奉娘、牙牙学语的小女儿寿娘,以及儿子文道生皆在座。文天祥先训诫教导了家人一番,感激妻子辛苦持家,教导儿子勤于读书,教导女儿贤淑知礼。

是夜,提刑衙门的书房里,文天祥面有激动之色,笔走龙蛇。

二、出仕潭州

当日与江万里一番恳谈之后,文天祥觉得关于未来,自己受到了很重要的点拨,很多想法都变得清晰起来。

而现在,文天祥有心上一表,好好地向朝廷议论一番民间义军在抗击蒙古军中的作用。朝廷正规军队固然应该保家卫国,然因诸番军事失利,此时诚为危急存亡之秋也!不仅是国难当头之际,亦是民族危难关头,朝野上下应不分庙堂与江湖,同心同德地对抗侵略。朝中诸人,想必都懂得民间力量的作用;那江湖中人想必也容易明白若无国,何来家。须知覆巢之下无完卵,这道理即便是三岁小儿,也是一说就通的。

文天祥越想越觉得自己有道理,自以为发现了一条救国的良策,表文也越写越觉得下笔顺畅、文理清晰,其中的策略细节也渐渐完备起来。

文天祥一口气将表文写完,然后从头到尾看了一遍,发现了尚不满意的几处,便再一一地修改了。想了想,又誊写了一遍,这才郑重地将表文收起来,轻轻地吁一口气,似是放下了千斤重担。

嘴角含笑,立于一旁磨墨的李璇儿见文天祥如此情状,笑道:"先生又出大计策了!"

文天祥胸有成竹道:"此番策略若施行,便可尽得江南势力为抗击蒙古所用,不只为大宋军队增添一有力臂膀,亦是聚拢民心的好法子。"

李璇儿道:"先生此前担忧人心涣散,若民间义士可聚拢来,何愁不能同心勠力,共御外敌呢!"

临安城的皇宫接到了文天祥的上表,果然有了一番小小的震动。可惜的是贾似道和陈宜中之流见其表文并未有大喜,反有恐惧之态。

第九卷　崖山绝唱

原来，贾似道以往与蒙古军交手时，见识了蒙古军队的凶悍，他是打心眼里害怕了。在贾似道看来，蒙古人既剽悍又不好惹，大宋若要生存下去，唯有求和。不然像西夏或者金国，惹怒了蒙古人岂是好玩的？铁蹄一来，这两国早早被踏平了。为何宋廷尚存，那是因为大宋的皇上识时务！当然，兵是要操练的，仗也是要打的，但是打仗或抵御，那都是为了求和。眼下出了个不识时务的文天祥，还鼓励操练一支不识时务的义军，实在是大为不妥！万一惹怒了蒙古人，招致更猛烈的进攻，到时候将如何是好？

贾似道刚一言说反对之意，陈宜中便马上附议。贾似道颇感得意，陈宜中如今也算得上重臣了，可还唯自己马首是瞻。

陈宜中心里明白，文天祥的策略将来定是有用的，并且对于招募的水兵而言，无论此番朝廷决定解散或者编制，都不影响这一支队伍的存在——毕竟天高皇帝远！江万里在朝野的声望都很高，这一支义军既有大义的名声，又没有用官家的粮草，也确实没有道理去解散。陈宜中恼怒是因为，文天祥竟然没隔两天又第二次上表，这一次更加详细地阐述了民间力量的好处，激昂情绪呼之欲出。因此陈宜中便压下了这第二份上表，也是为了给文天祥一个下马威：文大人你行事太过于激进了，朝政之事不是那么简单的，特别是扯到军队上了。反正第一份表已经上达天听，议论也已经尘埃落定。无论理由多么充分，朝廷诸臣心怀鬼胎，分明是不愿意文天祥手里有这一支军队，哪怕是杂牌军的。

得到消息的文天祥并不意外，但是心中失望极了。他甚至怀疑起来："难道没有人看得出大宋之危局吗？大宋若危，诸臣子又何以立足呢？"

二、出仕潭州

又是提刑衙门的书房,连着好几夜了,文天祥并不愿去后院姬妾处歇息。此时的文天祥站在院中,时而举首望月,时而低头踱步,时而面露坚毅之色,时而皱眉摇头叹气,望着月亮发呆。

随侍在旁的女子衣袂飘飘,月色下肌肤晶莹,正是李璇儿。

李璇儿见状,便知道文天祥又有了难以决断的事情,问道:"先生近日忧色甚于往日,璇儿猜测,若是小事情,先生举手间便能解决,所以必定不是小事。璇儿大胆一问:先生前日上表之事,朝廷是否没有了下文?"

月色下,文天祥注视着李璇儿,只见这女子眉目间一片清明。文天祥在李璇儿面前并不讳言政事,道:"朝中贾似道、陈宜中一力反对义军,唯恐义军会惹怒蒙古,引来大兵祸。"

李璇儿立刻皱起了眉头,道:"此话从何谈起?简直毫无道理!"

文天祥苦笑道:"世人都知道有军队才能抵御外敌,从未有外敌压境反而令自己的军队解散的。此等滑稽之事,皆因为奸臣当道,使得政令不明啊!"

李璇儿进言:"既然奸臣当道,那便想办法去了奸臣,剩下的不就是忠臣了?"

文天祥沉吟道:"哪有那么简单?奸臣尾大不掉。"

李璇儿撇嘴道:"那便去了他的尾巴,难道他还不知道疼么!"

文天祥闻言哈哈大笑,只觉得心情舒畅。

翌日,文天祥又拜访了自己的老师。

江万里听说文天祥半个月内连上三表,不由得笑起来,道:"你还是太急切了。操练水军、招募民兵、收纳义士,都不是一朝一夕的工夫。如何统筹操练,谁来管理领兵,都是要考虑的,不然这群人不就成了乌合之众?"

文天祥笑道:"先生说得是!只是学生现下度日如年,恨不得将这些事情一下子全部办好,心里才能放得下!"

"不必着急,诸事已然有条不紊。现下蒙古刚刚攻下襄阳,且听闻蒙古后方作乱,此时正是我们休整练兵的时机。只是朝廷竟然不支持义军,实在令人心寒。朝中竟然没有见识卓越者吗?"说着,江万里不由得慨然道,"虽如此,我三古家族岂会畏惧强敌?必当举兵自救,护卫家国!"

"先生大义,学生望尘莫及也!然而现在将如何?索性我们将水军全都屯到鄱阳湖,既然不要朝廷出军饷,朝廷想来也不可能派兵剿灭咱们这支水军吧?"

"不可完全屯于鄱阳湖一处,我心中另有计策。"

"愿闻其详。"

"襄阳之下,便是鄂州。因此除了鄱阳湖一处,吾亦令吾侄于鄂州外围水路各交通便利处经营,为的是防范蒙古的突袭。蒙古毕竟势大,万一有玉碎之时,水军亦不至于全军覆没。"

"水军此时仍须操练,学生虽然心急,然而先生布置妥当了,我们便可待时而动。"

"正是如此。"说罢,江万里止不住地咳嗽起来。

三、义军出征

1. 大江暗涌

不断有"好消息"从北方传来。去年,蒙古在江北的动静曾令长江沿线守将绷紧神经。谁知道雷声大雨点小,蒙古大军驻扎很久,却都是小打小闹,没有大动静。江防守将不由得感到疑惑,然而又不敢放松,因为大家都不知道这短暂的平静能维持到哪一天。直到北上的客商返回,带来了蒙古北部战乱的消息,江北守将和宋廷一起松了一口气。

于是,从咸淳九年(1273)二月到次年九月,少有的平静竟持续了一年多。实际上,平静表象下早已暗涌迭起。有人清醒地看到,大宋的危局仍然没有解除。

文天祥道:"蒙古内乱,必然要从南方调兵去平乱,如此就难以发动对我大宋的战争。如果南边也打起来,蒙古岂不是面临两线作战的局面?"

张世杰亦认为这是难得的机会,道:"咱们大宋军队或许可以乘此机会往北边推进一步。战线若是推到江北,我们又多了许多缓冲地带。大宋与蒙古议和,也多了很多底气啊!"

第九卷 崖山绝唱

"正如你所说！但宋廷中,到底谁最有那份决心和勇气呢?"

"我担心的是,蒙古向来视江南之地为囊中物,所以交战无所谓早晚,且等收拾完北方,腾出手来再发动南下。"

"照目前看来朝廷还是没有动静啊！难道大家全部都抱着侥幸的想法:蒙古人自家出了内乱则自顾不暇,便是天佑我大宋?"

"宋祚绵延既有天佑,更需人力。所以你我才在这里商议军事,不敢松懈。只等时机到了,我们便要出兵！"

"我们的战船图纸、水军编制你都看到了,以为如何?"

"很好！江万里江大人从民间船厂订货,实则是壮大义军水兵的好法子。鄱阳湖湖面广阔有浪,其水深正适合演练战船,将义军屯在鄱阳湖,真是选了个好地方！"

长江之南,江万里、文天祥师生已经与郢州张世杰联合部署军事:他们设计战船图纸,并从民间船厂订货,以壮大义军水兵。义军屯在鄱阳湖,以水军为主,操练日益纯熟。

江南等地在抓紧时机进行军事部署、操练水军的时候,另一方面,北方的蒙古也从未放弃平南之心。

蒙古的叛乱平定后,尚未出正月,忽必烈便思考往南的渡江之计了。

咸淳十年(1274)正月的元大都。这是新兴建立的城市,街道整齐,宫城巍峨。或者是因为刚刚定都在此的缘故,城市处处透露着勃发的生机。

阿里海牙正在忽必烈面前侃侃而谈:"自古荆湘是用武之地。汉水上游已为我所有,顺流长驱而下,宋必可平。"

阿术跟着进言道:"臣经营江淮之地,见宋兵弱于往昔。现在

三、义军出征

如果不南下而取之,这时机便不能再有。"

刘整亦言:"襄阳城既破,则临安危矣。若以水军乘胜长驱而下,则大江必非宋有。"

忽必烈听闻大臣们的言论,觉得很有道理。于是他召史天泽前来,共同商议南征之策,史天泽详细论证了南征之天时地利人和,最后他推荐安童、伯颜为大将,都督诸军。

这个时候,阿里海牙又进言:大举南征,须兵分三路;旧军不足,非增兵十万不可。

忽必然本来早有平南之心,听闻此番计议,心中大悦,便道:"尔等所言甚是!阿里海牙、阿术不愧为我大将!"说完又目视刘整道,"刘整将军昔日为宋将,今日为我蒙古驱驰,并出计策,为主之心甚是可嘉!"

刘整面不改色道:"食君之禄,便忠君之事而已!此乃为臣子分内之事。"

阿术哂笑,众人皆不言语。

忽必烈既然决定南征,便采用了众人的建议,下诏令中书省签军十万以扩充旧军。

这年三月,忽必烈下令:改荆湖淮西枢密院为行中书省,兴兵二十万,以伯颜、史天泽(后至鄂州时,因病笃而北还)为右丞相,阿里海牙为右丞,吕文焕为参知政事,行省事于荆湖;合答为左丞相,刘整为左丞,塔出、董文炳为参知政事,行省事于淮西。

大军整合以后,很快便由各自的将领率领出发。元军行军迅速,不日前哨便抵达江北驻地。史天泽立于马上,回望大军,但见千军万马而来,逶迤似望不到边,再看兵士们,虽稍显疲惫之色,却个个精壮不失威猛之态。史天泽便自语道:"这等雄狮一般的军

第九卷　崖山绝唱

队,宋廷如何能比!大军既出,定能势如破竹,不日便攻克大江一线。"说到这里史天泽猛然想起一事,暗道"不好",蓦然警醒起来。

原来,史天泽见大军数量众多,进而想到统领的数员大将,皆是有本事有见识、可领一方军队的,都有元帅之才。然而史天泽在欣慰之余突然想到,一山不容二虎,万一将领们彼此不服,早晚误了大事。于是史天泽便上言对忽必烈说:"今大军方兴,荆湖淮西,各置行省,权势不相上下,号令必不能统一,后当败事。"史天泽上表之后,便说自己身体不好,于是称病退出了南征的行列;同时,史天泽推荐伯颜为大统领,总领余下诸将。于是南征的军事大权,便由伯颜一人总领。

这年九月,伯颜等人在江北整军已毕,元军已经完全做好了打仗的准备。

又是秋天,金风吹散了雾蒙蒙的水汽,江面变得少有的开阔明朗。江北水岸驻地的大船上,船首站着数人。当先一人全副戎装,正全神贯注地遥望着江对岸的船影。后面数人中,有的人随着他的视线远眺,有的人只注视着他高大挺拔的身姿。

他喃喃感慨:"果然是山河壮丽",然后回头对紧跟身后的一人说道,"阿术,我们这就去看看江南锦绣如何?"

阿术的心里突然紧张起来,期待已久的时刻终于要来了吗?他目视着左前方英姿挺拔的大将军伯颜,眼中有着对强者的绝对尊敬和建功立业的豪情,道:"阿术愿与大将军共建功业!"

伯颜望着激动的阿术,年轻的将军英气逼人,这种豪情正仿佛当年的自己。

同年,饶州芝山。

三、义军出征

七十七岁高龄的江万里,仍然出现在鄱阳湖水兵操练的现场。鄱阳湖水兵由江万载的第四子江钰总负责操练。江万里放心不下,时不时做出提点。

组建义军的劳心劳力,使得此时的江万里相比数月之前,已经是老态毕现了。他强忍着咳嗽,时不时地清清嗓子。

江万载随在兄侧,见兄长如此疲累,心中十分不忍,欲言又止。

望着勤奋操练的水军,江万里稍微松了一口气道:"到今日,水军终于略微有一点样子了!"江万里坐在椅子上,眼前一阵金星。

缓了好一会儿,江万里自嘲地感慨:"烈士暮年,壮心不已,说的就是我啊!"

江万载担忧不已,劝道:"大哥乃是义军支柱,定要保重身体。军中许多义士,都是冲着大哥的声望,这才加入了义军。大哥且要珍重,军中事务以及操练水军的事宜,都交给我和钰儿吧!大哥如果实在不放心,我便日日汇报,如何?"

江万里说:"我知道钰儿对于军务的熟悉程度不亚于我。然而义军建立时间太短,仍然未成气候,我始终不放心啊!"

文天祥听闻老师生病,前来探望,在床前对老师说:"先生您最担心的,就是在这乱世之中突然有了一点安宁,宋人便忘却了忧患,因此费心费力组建义军。义军既是先生的心血,也是大宋对抗蒙古的民间生力军。学生发誓,一定勤奋练兵、仔细研究军情,让这义军于重要的时候发挥作用!先生,请您相信我!"

江万载也劝道:"宋瑞所言甚是,大哥往大上指导我们即可,这些细务,都交给弟弟和子侄辈们吧!"

在江万载和文天祥的再三劝说下,江万里终于将军务交给了自己的亲弟弟。随后,江万里便以年老多病辞去了职务,朝廷体恤这位三朝元老,但依旧让他以大学士提举洞霄宫。

江万里辞官后,在家乡芝山后圈凿了一个水池。

在池边亭上,江万里题字"止水"。有人问江万里,为何将池子命名为"止水",江万里道:"止者,使停也。"盖借物明志,希望止住蒙古的入侵,又有以身许国之意。

同年十月,潭州。

李璇儿端着一个托盘进入文天祥的书房,在书案上放下一个茶盏。

文天祥忙着在桌子前的地图上点点画画,听见动静,头也不抬,只"嗯"了一声。

李璇儿也不说话,走到文天祥身侧,和他一起看那地图。地图上用朱砂标注了长江中游的山川与地貌,以及潭州和鄂州附近的宋军驻扎情况。

过了好一会儿,文天祥放下笔,表情似乎有所放松,端起了茶盏。

李璇儿道:"先生真是辛苦!"

文天祥放下杯子,道:"自从伯颜在江北驻扎以来,我从不曾放松片刻,略闻风吹草动,便要在心里思虑三番,只是为了随时注意蒙古大军的动静。"

李璇儿默然,然后看向门外,只见一个小厮匆匆走过来,问道:"有什么事么?"

小厮回答:"张世杰张大人有信使来了,现在正在等着见大人呢。"

三、义军出征

"快让他进来!"于是文天祥急急与来人相见。

信使呈上张世杰的手书,信中称伯颜军兵分三路,西路刘整自淮西出淮南,东路博罗欢由东道取扬州,此两路以牵制宋军,伯颜则率蒙古南征主力军兵临新郢城下,部将阿术及张弘范随行。

2. 新郢初胜

蒙古定下这三路大军并进的计策,其主力为伯颜的中军,中军意图攻取长江中游诸镇;而左右军压境,实为掠阵,令淮南、扬州诸部自顾不暇,从而使长江沿线的宋军不能互相策应,便可各个击破。

张世杰部则是伯颜此次南下遇到的第一个阻碍。

新郢是长江与汉江交汇处的一个小城,城虽不大,却是水军交会处的要道。

伯颜起先没有把这座小城放在眼里,听说守将乃是张世杰,甚至哈哈大笑,对左右说:"张世杰是一个政治的投机者,趋利而避害。对于这样的人,说降就可,不战而屈人之兵,何用动手呢?"

当时张弘范在侧,深以为然,于是说道:"不错,好在这张世杰并不是迂腐的读书人,想必是能懂些道理的。"

于是伯颜便将步兵与骑兵驻扎在离新郢不远处的盐山,水军则沿江排列,与新郢隔水相望。同时令随行的书记官寄出招降信一封,信中大意为:"自古以来,良禽择木而栖,良将择主而事。现下宋廷昏弱,奸臣当道,实在不能令人有忠心也!不如降了蒙古,便有高官厚禄任君享用……即使全力而战,战未必胜,胜未必有功。君不见四川原诸位将领乎?……"

张世杰听闻有招降信来,并不回避手下部将,就令蒙古的信使

第九卷　崖山绝唱

当众读起来。

待信使读完，众将皆沉默，看向张世杰，不知主将如何对待。

张世杰叹曰："难道我汉人抵挡蒙古数年，只是为了子女衣帛吗？守卫家国，乃是大义。蒙古人不懂得大义，吾不愿意与其多言，皆因为夏虫不可语冰也。"

说完这番话，部将们有的放心，有的则叹惋。

张世杰于是就回信一封，述说其意，然后令信使回去。

信使回去之后，将张世杰原话对伯颜诸人禀报。

伯颜怒道："我辈不想知道张世杰所谓的大义，可是我知道，蒙古铁蹄踏进江南的时候，声称大义的宋人也只能被我践踏！"于是，伯颜便传令，整肃水军，围攻新郪。

当时已经是入暮时分，张世杰于城墙上观望时，忽然见蒙古水军列起队形来，惊道："蒙古大船如此之多？前些年与蒙古军交战，在船舶方面，我们很是占了一些便宜的，今日看来，蒙古人造船之技甚高！"

旁边参谋曰："我新郪本是易守难攻之地，我们更要谨守门户，不可轻易出战。"

张世杰略一思忖，说："不错，我们是要守城的，本来就没有轻易出战的道理，更何况蒙古军来势汹汹，人数数倍于我守军，我们只好避其锋芒！"于是传令下去，各城门按照两个时辰一换班，谨守城防，后勤军士将弓箭等囤于城防之最便利拿取处，各部将轮流巡逻，决不让一个奸细到城中来。

张世杰全副武装，身着盔甲，威风凛凛地站于高处，身旁旗手执了一面红色大旗，上书"张"字，一人一旗在火光中闪耀。部将劝张世杰："如此显眼，必然成为蒙古军的靶子，不如隐藏身形啊！"

三、义军出征

张世杰却慨然答道:"我要我宋军将士每每抬头看时,就能看到本将在此,与他们同在!"

城门下进攻的蒙古军呐喊不停,一队一队地往城墙上攀爬而来。宋军则居高临下,射杀爬得最高最快的人。然而蒙古军像是不惜性命一般,每当前队有人被射杀,后队便有人跟上,似乎杀也杀不绝,射箭的宋军渐渐地有些疲惫了。

张世杰见此情况,便立刻换上另一弓箭手并连声高喊"杀!杀!杀!",亲自擂鼓助威。

宋军见主帅如此精神,也不由得振奋起来,喊道:"杀!杀!杀!"

伯颜在中军远远地望着城墙,好奇地问道:"那旗下擂鼓的是何人?"

有人回答:"那就是张世杰!"

伯颜叹道:"宋军气势太盛,一时恐怕攻不下!"

阿术不服气道:"这是南征第一仗,怎可损了士气!某愿去会会那张世杰!"说罢不待伯颜答话便骑马而去,片刻之间就来到了阵前。阿术眯了眯眼睛看向张世杰,从背后抽出一支箭,搭弓便射。有眼尖的宋将,惊呼道:"将军小心!"

张世杰下意识地偏过身子,那支箭擦着身子过去,张世杰惊出了一身冷汗。

那阿术见一箭未中,便又拔出一支箭来。

张世杰定了定神,亦满怀豪情地说道:"拿箭来!"

部将便递上一支箭,却是一支火箭。张世杰瞄准,往阿术射去。阿术见张世杰的箭快,只好放下手中的弓,勒马侧身欲躲,不料这火箭因此射到了马尾巴上。马尾巴沾上火油,眼看烧了起来,

第九卷 崖山绝唱

马儿便不择方向地跑了起来。

阿术大惊,虽然胯下是良驹,然而若是惊马,只好杀了它!想罢,阿术咬牙抽出一把短剑咬在嘴里,身子则直接悬挂在马的一边,一只脚勾着马鞍,一只脚踩着马镫,猿臂舒展,执住马尾,用力往下一捋,连皮带毛捋了一大片下来。那马哀号一声,但火已经止住,马儿也渐渐停止了奔跑。阿术从马上跌落下来,汗透衣背,回头望时,战火已在数里之外,自己正在城外的一处小河边。于是阿术便草草洗了洗火辣辣的手掌,包扎一番,让马儿饮水,安抚一番,并不回营地,却去了中军营帐。

伯颜等人当时只遥远地望见阿术策马而去,并不知道发生了什么,等到看见阿术狼狈的样子,也很吃惊。

此时新郢的攻城战仍然未有丝毫进展,然而天都已经亮了。

伯颜便传令鸣金收兵,阿术颇为沮丧。

伯颜却丝毫不见颓色,问道:"我们南征的目的是什么?"

阿术道:"灭宋,统一天下。"

伯颜继续问:"宋廷在哪里?"

阿术道:"临安。"说罢,眼前一亮。

伯颜欣慰道:"打仗,要从大处着眼;为将帅者,更不能在乎一城一地的得失……"

这边张世杰等人欢庆不已,张世杰道:"此番作战胜利,可以说是给南下的蒙古军当头一棒,乃是诸位努力作战的结果!"

部将们道:"托赖将军指挥得力,若人人都像将军,又何必惧怕蒙古人呢!"

又有幕僚道:"蒙古不得新郢,不知道下一步部署如何?愿将军不要轻视。"

三、义军出征

张世杰道:"不错,不能被一个小小的胜利冲昏了头脑。"于是一边令部下各自休整,一边令斥候打探蒙古军的动向,不日便得知,蒙古军绕新郢下汉江,直下沙洋而去,于是张世杰向长江沿岸诸城发出警示。

3. 义军出师

在给文天祥的信中,张世杰称:伯颜先驻军于盐山,后招降张某,某必然不能答应。蒙古军便进攻,世杰坚守,而蒙古军不得前进。乃走水路,舍新郢,而下汉江,目下已攻沙洋。军情紧急,请各处做好准备。

文天祥见信大惊道:"蒙古人已经开始行动了!"

李璇儿问道:"战况究竟如何?"

"还好有惊无险,我等也要做好准备了!"

这封信同时发往长江一线的各城,众将收到此信,都明白蒙古人新一轮的攻击即将开始。

江万里因年老多病辞官后,其胞弟江万载便代替长兄事业,此时正在潭州文天祥处议论义军之事。

见到张世杰的书信,江万载也紧张了起来,道:"情势不妙啊!张世杰虽然有心,但是新郢只能做一时之阻挡,鄂州危矣!"

文天祥痛心道:"当此之情势,朝廷竟然没有对策。鄂州重镇,必不能有失!"

"鄱阳湖水军此刻正应出动!"江万载慨然道。

当时,鄱阳湖水军交由江钰总领其事,于是江万载便对文天祥道:"吾将亲自领兵,驰援鄂州,此处诸番事宜,都交予你了!"

文天祥肃然道:"江大人请放心去,宋瑞在此,必保证后勤,不

第九卷 崖山绝唱

令大军有后顾之忧。"

江万载匆匆离去,当日便整装出发。

且说江万载调配军队并亲自率领一支义军晓行夜宿直往鄂州而去。

江万载所乘将船,乃是由义军向民间船厂定制。当时,大宋的官方船厂大多接受宫廷及军队的订单,民船则一般由民间船厂制造,互不干涉:一是因为军方的战船有一定的制式,甚至有些涉及机密;二是因为官方船厂向来对民船不屑一顾,民间一般并不愿意与官方船厂打交道。但是开战以来,因为战船的需求量增加,而以往所造的船,其制式已然被蒙古军学去,所以大宋的官方船厂必须造出更多种类、更多用途的战船。因此,一些结构较为常见的战船就逐渐交由民间船厂制造。

江万载这艘将船,由当时湘湖一带最大的船厂"鸿升船场"所造。此船平头高翘,船头压着水面,船身线条呈流线型,船上面是双层舱,甲板下又有底舱。船桅杆在中偏后部,此时顺风,于是放了满帆。除此之外,底部有车轮四个,两侧各有桨手十余人——这桨与轮共同作为战船的动力,是大宋特有的"车船"的典型制式。这艘船庞大威猛,刚下水不过两月,在水中崭新发亮,船上挂着义军旗帜,正载着士兵百余人顺水而去,剩下的大小战船跟随其后。

与这崭新的战船不相称的是,江万载的心情相当糟糕。他的面前,一个面带疲惫的士卒半跪着,正向他汇报前方水路情况:"前方我军将到达余干县水路关卡。关卡有水寨一座,对北方和西边来的船只检查甚严。将军的书信已经送到守军的水寨中,守将说如今军情紧急,所以检查格外严格些。虽听说有义军,但是并没有

三、义军出征

见过。为防止百密一疏,等将军书信验明真伪,或许明日便可以放行了!"

"明日?"江万载苦笑道,望了望外面的大好天光,"现在也不过巳时而已!"

牙将闻言,便有点不耐烦道:"嘿,偏在这时候认真起来!要真是元军来了,咱看他敢不敢提着刀上前?"这牙将姓李名版,本来是江氏乡党,平日好勇斗狠,打抱不平,颇有一点武艺。见义军招募,便在榜书下对自己说:"就是这时候了,咱该去做大事啦。"说毕,便回家收拾包袱,辞别妻儿,豪情满满地投奔江氏去了。江万载见他勇武热心,又因是乡党,便让他在义军里充作牙将,跟在自己左右。

另有参谋吴纶道:"为防止百密一疏?不知道这防的又是甚!真是阎王好过,小鬼难缠。这水路怎么也不是他家的!"

这参谋是新近投奔来的,原本是四川一个"船帮子"的手下,被称为"智多星"。当年整日与一帮"船帮子"为伍,所以有一项本事:识得水文,懂得航船。刘整降元后,四川大小"船帮子",有的被屠杀,有的被收编,剩下的一些不愿意投到蒙古人帐下讨生活,又在原地留不下的,便作鸟兽散了。吴纶算是有见识的,蒙古人的屠刀还没有落下来,便带着一帮贴心的兄弟遁走江湖。吴纶在湘南结识楚宁,辗转知道了义军之事,于是投奔了义军。江氏义军中,勇猛的人不少,但是熟悉水文的并不多。虽说船帮子和水兵是两码事,但是这一帮精通水性又懂得驾船的人还是受到了重视,吴纶便在江万载身边充作参谋。

江万载有意问一问吴纶:"吴参军这么说,是有何看法?"

吴纶道:"咱们义军组建以来,水军训练有气象。即便朝廷没有明文旨意,这鄱阳湖水系乃至于湘湖,有谁不知道江氏义军?所

第九卷 崖山绝唱

以,这守将也许是胆小,没有朝廷旨意,便不敢放行,要是这样,咱们拿文大人帖子即可通行。也有可能这小小关卡水寨,靠的就是盘查的命令,便可以多一些财帛,不然怎么生活呢?要是这样,破费点钱财就是了。"吴纶嘿嘿一笑,又道,"这鄱阳湖水系纵横交错,咱们何必走信河过余干呢?信河有一分支,可通鄱阳湖大湖,这时候水量丰沛,大船也勉强可以过得!"

江万载惊喜道:"难道穿湖而过?湖上有雷雨潮汐风浪,须一精熟水文之人方可。"

吴纶忙道:"江元帅稍安。并非吴纶精通鄱阳湖水文,但是我曾经看到过这里的水路图,这里确实曾有这么一条线路。凭我以往行船的经验,咱们大船穿湖而过未必不可,不是从正中间,而是沿着湖边绕行,这样既能保证大船吃水深度,不至于搁浅,视线还能开阔畅通无阻。此时不是雷雨的季节,若有雷雨,随时进入河汊即可保证安全。咱们这里有一种'核桃舟',又小又轻快,正好可以探路并在左右监察。"

江万载又惊问道:"水路图?我知道襄阳会战之时,吕文焕上书朝廷,可令长江沿线各个水寨绘制各自区域的水文、水路以及水寨布防图,并由朝廷汇总成总图,以便于兵部筹谋决策。后来这份水路图就放在兵部了,不知你是在何处看到这水防图的?"

吴纶也惊讶道:"竟然是水防图?我经过襄阳的时候,去朋友家做客,朋友正好在绘制水路图,便问我四川的水路如何,作为参考。我当时诧异,询问为何制图,他说吕文焕将军为便于协调附近水寨和行军,所以令他绘制一张具体的水路图。正好我从四川来,便询问我岷江、长江交汇处的水文气候。我当时出于好奇,就看了看,其图的范围包括川东、湘北、鄱阳湖水系、荆州,以至于下游的

三、义军出征

淮南……"

吴纶一边说着,一边发现江万载的脸色变得难看起来,便停住了话头。

江万载道:"照吴参谋所说,你所见的水路图,必是吕文焕所绘制的襄阳及其附近地区的水防图,乃是朝廷所需绘制的总图的一部分。难道吕文焕一开始就是自己想绘制水路图,只是说通朝廷以取得便利?吴参谋看到的水路图,倒不是机密,若与此地水寨设置及人手数目合二为一,那才真是水防图了。那吕文焕手中一定有这一带的水防图!只是不知道现在这图落到何处……"

说到这里,大家都想起来,吕文焕已然投降蒙古多时,不由得都严肃起来。

因是义军,朝廷亦未有明文,所以沿路各水岸关卡并不提供方便,兼有小股元军扰乱,所以行军甚慢,如此行军数日,江万载内心焦躁却也无可奈何。此时船队停在信河,受到关卡所阻,不得前进。原本打算与朝廷驻防的水寨通融,也好互为援助,而当下,江万载见宋军迟缓,又兼忧心水防图之事,决定采纳吴纶的建议,先走鄱阳湖内湖水路,后拿文天祥帖子开路,如此一来,义军的行程终于快了起来。江万载心里权衡:大江沿线元军兵力势大,其中又以鄂州外围最甚:号称十万兵力,鄂州被围已是定局,自己这两万多水军,只可作为宋军的后援。

四、鄂州之战

1. 沙洋之骂

然而江万载的水军从鄱阳湖往鄂州进发的这些日子,军情又有了新的变化。

蒙古大军进逼沙洋、新城。

当日伯颜等攻打新郢不下,僵持之时,蒙古军中曾有争论。一派人认为,新郢乃是咽喉之地,如果不能攻克,恐怕会成为归途的祸患。阿术俘当地船民之后,发现了新的水路,于是进言道:两汉之地的精锐都在新郢,如果硬要攻打,恐怕损失不小。不如避实就虚,取下游的黄家湾堡。黄家湾虽然是小水寨,然而堡西边有沟,南通藤湖、汉江,由此拖船入湖再入汉江,不过三里水路。

吕文焕赞道:"此计甚好!若是参照水防图,便可以做出更好的计划。"伯颜闻言大悦,拿出吕文焕所献的水防图仔细查看,认为此计可行。于是,伯颜遣帐下将军李庭、刘国杰二人前往攻打黄家湾堡。黄家湾堡守将没有想到元军会绕道新郢后面,于是一触即溃,李庭、刘国杰二人迅速拿下了黄家湾堡。

伯颜大喜,便对众将说:"我军南下以来,虽然稍有阻滞,然而

四、鄂州之战

柳暗花明,天道佑我大元啊!"又对李庭、刘国杰二人说,"若我帐下诸将,皆不输于你们二人,那么本帅率领我军前行,焉有不胜的道理!"

诸将皆情绪激昂,伯颜大声命令:"命阿里海牙,率前军开路,我与阿术将军,将亲自殿后,以防新郢宋军追击。"

众将听令而去。

于是伯颜与阿术率领一支精锐殿后,新郢诸将得到消息,无不惊慌。

张世杰恼恨道:"我们在新郢经营,拒绝元军多时,不承想元军竟然绕到我们背后去了,当真是狡猾至极!必得追击,不可让元军轻易过江去,诸将以为如何?"

有参将答道:"张大人所言极是,必得派兵追击,若能胜之,便可大伤元军士气,即便不胜,也要拖延一时,为下游鄂州等地争取时间!"

张世杰道:"我心急如焚,恨不得立刻胁下生翅,率军前去阻拦元军。诸将可有好计策?"

当时副都统赵文义见状,主动请缨道:"张大人为一城之主官,不可轻举妄动,不如由文义率兵前往追击。"

张世杰闻言大喜,于是便令赵文义率领精骑两千追击元军。

那边,伯颜与阿术殿后,见宋军果然来追,毫不意外。当时元军前军已经抵达汉江,后军则在一个名为"泉子湖"的地方摆开阵势,就等宋军前来。

赵文义率兵前来,见元军已然列好阵势:岸上骑兵,水中战船,井井有条。阵前一员大将,身形高大,双目炯炯,见赵文义前来,大声喝问道:"来者何人?"

第九卷　崖山绝唱

赵文义道："大宋都统赵文义在此！"一面喊着，一面直接冲杀过来。

阿术呵呵笑了两声，方道："阿术前来应战！"说着也拍马迎了上去。

赵文义力气不及阿术，眼看占不了上风，便在心里寻思：军情急报已经送往沙洋、新城、鄂州去了，这里的殿后军并不多，能拖延一刻也是好的。于是向阿术卖了个破绽，回首勒马到自己阵中，急令左右小将各率领五百骑从左右包抄至侧翼，只求干扰，令其不得互相救援。赵文义大喊一声"杀——"，率领余下的士卒往元军中掩杀而去。

阿术见此情形，挥刀向前，以百余骑冲杀而去。

赵文义见状，心下稍定，只管驱使战马向前。伯颜见对方数倍于己，心知若要速战速决，只要擒住宋军主将便可。于是丢下侧翼，只率领最精锐的十余骑杀入重围。赵文义酣战之时，忽见身边出现一员猛将，心知这就使是蒙古主将，便使出十二分的力气与他对阵。然而久战不下，赵文义不由得焦躁起来；又见蒙古人虽然人数少，却个个奋勇，似乎不知疲倦，便心怯起来，随后力怯，只得苦苦支撑。

忽然听得军中一声大喝："宋将首级在此！赵文义已经被我杀了！"

宋军士兵一听这话，哪里还有心思战斗？伯颜令人将赵文义首级高高挑起，宋军士兵望而溃败。伯颜也不追击，就令士兵收拾战马及战船，就地开拔，以赶上前军。

十月二十三日，元军进至沙洋地界，就地驻扎，吕文焕便向伯颜进言："沙洋守将王大用、王虎臣，乃是末将故交，元帅可令人写

四、鄂州之战

檄文以招降。"

伯颜深以为然,就令吕文焕写檄文,使宋军俘虏送入沙洋城去。檄文列叙蒙古建元乃天命所归,元军南下,无有不利。元军已得长江中游水防图,顺流而下本是易如反掌之事,此时招降,因为实在是不想看到诸位将领逆天而行事,白送了性命,云云。

王虎臣见了伯颜的招降檄文,以手作拳捶着茶几,对来送檄文的俘虏怒喝:"真是辱人至深!来人,将这不要脸面做了俘虏的军士,斩了!"说着,将檄文扔到火盆里,那檄文顷刻间化为灰烬。

王大用道:"将这叛兵首级,火盆中的灰烬,送还给蒙古人吧!"

伯颜见此大怒,见吕文焕在侧,便道:"吕将军,这招降的事,看来还是得由你亲自走一趟才行!"

吕文焕应诺而去。

为了表示诚意,吕文焕单枪匹马至城下与王虎臣搭话:"王将军何必困守于此?大宋积弱已久,而北方的蒙古正如朝阳,是投奔的时候了!"

王虎城在城楼上居高临下地说:"叛军之将,有何脸面与我叙旧?我只认得守襄阳城六年的吕文焕将军,但不认识卖国贼吕文焕。"

吕文焕苦笑道:"你我相交多年,我吕文焕是存心弃家国百姓于不顾的人吗?守城多年,见多了民不聊生,才知道这战争中最受苦的是百姓。若要消除战争,必须得有一个强有力的政权统一中原。某在襄阳守城之时,为朝廷办事,却受到小人的掣肘,难道你不知道吗?"

伯颜遥遥在后方,听到这一番话,对阿术说:"没想到,吕文焕还有一番口才啊!"

第九卷 崖山绝唱

阿术冷哼一声没有说话。

王虎臣蔑视地回答："难道这就是你投降的理由吗？吕将军见识多过于我，难道不曾听闻蒙古军的屠城嗜好？若是蒙古占领了江南，汉人岂不是成了蒙古铁蹄下的玩意儿？这简单的道理，难道你吕文焕不懂吗？"

吕文焕叹气道："我能理解你的担忧，但是在这里，我仍然是要奉劝你顺应大势，不然枉费了自己的性命，又连累了满城无辜军民的性命啊！"

王虎臣见吕文焕一味地劝降自己，恼怒道："我王虎臣是绝不可能投降的，你回去吧，我不愿意再与你说话！"说罢，转身就走。

吕文焕连声呼唤王虎臣，王虎臣始终没有回答。

吕文焕无功而返，伯颜见状，叹道："真是倔强之人啊！"

阿术说："如此顽固，便不与他废话，直接攻城算了！"

伯颜道："正是如此，传令下去，全军备战。"

次日傍晚，突然刮起了大风。伯颜命人测了风力，心中暗暗高兴，对左右人说道："如此大风，正好用火攻！"

言毕，伯颜便传令下去，以火油、火箭发射攻城。王大用当时在城上，远远望见元军帐中兵士往来忙碌，却不知对方作何打算。片刻之间，对方搭起了火箭弓弩。王大用大惊，心想元军若要用火攻，岂不是正好顺风？于是急忙令人做好防护并令弓箭手从城垛往下射箭。然而蒙古军的火箭、火炮借着风势，有的落到了城墙上，有的穿过城墙落到城内。沙洋城内的房舍多为木头建造，遇火则燃。大火借着风力，把连成片的房舍全部烧着了。

街面上，王虎臣满脸熏黑，大声喊着："不要慌，救火，救火！"又

四、鄂州之战

冲着城楼方向命令,"反击!反击!"城中士兵全数到了城门处与元军对抗,城内救火的只剩少数士兵,大都依赖百姓自救。王虎臣声嘶力竭,很快被街上的喊叫声淹没。城内火焰弥天,城外元军攻势又加急,王大用、王虎臣二人各守一处,渐渐不支,于是沙洋城破。元军涌入,王大用、王虎臣二人皆不躲避,不多时都被生擒。

伯颜见二人被绑来,便下令屠城。二人目眦尽裂,大声对伯颜、吕文焕骂道:"狗贼!狗贼!"

吕文焕叹息道:"你们二人不知变通,却连累了这满城的百姓和士兵,还不知道悔改,真是太顽固了!"

沙洋既克,元军便向东南推进。不料在东南一名曰"薄新城"的小城受到阻挡。这薄新城乃是吕文焕原来的部将边居谊在沙洋地界所筑新城。元军杀来,当时已经是都统制的边居谊率众抵抗,并不投降。

吕文焕见自己曾经一手带起来的部下如此英勇,心中很是感慨,也不愿意边居谊就此丧命。于是吕文焕便将王虎臣等沙洋守将绑着,带到城下,意欲招降边居谊。

吕文焕带着众俘虏,走到城下,高声喊着边居谊的名字并问道:"边将军还记得旧友吗?"

边居谊定睛一看,原本崇敬的长官,此刻却在对方的阵营里劝降自己,回答道:"吕将军风采依旧!"

吕文焕道:"吕某特来劝导居谊弃暗投明。先前王虎城、王大用二人不听我言,已经葬送了一城百姓的性命。居谊!须得听我言啊!"

边居谊沉吟良久,道:"容我考虑。"便转身走了。于是,吕文焕亦回元军营帐。

第九卷　崖山绝唱

第二日,吕文焕又往城下说降边居谊。

边居谊望着吕文焕,心情复杂,道:"我要与吕参政私下里说话。"

吕文焕以为边居谊看清形势,决定投降了,心中暗喜,便喝退随人,独自策马到达城下。不料只听得一声哨响,城门上箭矢如蝗,吕文焕一时笼罩在箭雨中,人与马皆中箭。边居谊见吕文焕坐骑已然倒下,便令人将钩子放下,意图捉住吕文焕。吕文焕大惊,忍着剧痛拼命躲闪,后面元军见状,急忙来救:一面以盾牌挡着箭矢,一面去城下营救吕文焕,终于将其救出。边居谊见状,连连跺脚叹息,甚为遗憾。

吕文焕自觉被耍了,欲要起身,又被身上伤口牵扯,于是大怒,冲着城上道:"我本是好意,给你生路,没想到你这厮不识抬举!"

借着这一股怒气,吕文焕勉强站起来,大声命令:"步兵在前,架云梯,攻城!"

吕文焕所率的这一支元军中,其实汉人不少,所以攻城之法与宋军有相似处。

边居谊见状,暗暗冷笑。

元军步兵毫无阻拦地冲到城下,架起云梯,便有身手敏捷的士卒往上攀爬。爬至一半,城上又射下箭来,这一次却是火箭。箭头沾满了火油,沾着元军的棉衣就着,攻城的元军多有烧伤者。元军源源不断地冲上去,而城上的箭矢仿佛没有穷尽一般,不停地落下来,受伤的元军越来越多。

吕文焕心中又愤怒又焦躁,部将见不是办法,便劝道:"参政今日疲累,不如回帐商讨良策,明日再战?"

吕文焕点了点头,那部将大喊一声"回撤"。于是元军鸣金

四、鄂州之战

收兵。

第二日,因吕文焕受伤的缘故,攻城主将换成了前次刚在黄家湾堡一战中立功的李庭。

李庭观察地形,认为城小,强攻即可。于是令大量士兵包围城池,各处一齐进攻。边居谊果然没有办法,不多时,李庭攻破了外堡。

城内已是狼藉,百姓呼号声、哭泣声不断。边居谊见状,只好仰天长啸:"时也!命也!"然而始终不肯投降,对众兵士说,"大势所趋,不能改也,然而吾已经尽力,你们各自散去吧!"众将领及士兵皆不愿意逃跑,其中有一小将悲道:"俺本来是山西人,俺家里先祖先躲辽,后躲金,一直躲到安徽去,蒙古人来了,俺爹爹往南走,走到了湖南。俺们为啥要被撵着往南边逃?俺再也不走了!"

边居谊闻言,心中恻然,道:"边某有幸与诸位共守一城,实是幸事。城将破,边某自当以身殉城,然而诸位不如且去,留得青山在,不怕没柴烧,更何况顾念家中妻儿。"

说罢,边居谊急返家中,将家中各处浇上火油并且点燃,竟然携妻带儿举家自焚了。

手下将士三千人,见边居谊家中冒起青烟,心中悲愤无以复加,又见蒙古人破城而入,个个皆杀红了眼,比以往勇猛数倍,最后皆力战而死。

至此,元军破除了南下的第一个障碍,一路顺水而下。十一月,伯颜的大军逼近复州,宋知州翟贵投降。于是李庭等部将对伯颜建议,可以打开城门,点视仓库,伯颜不以为然,反而令诸将不得入城,违者以军法论。李庭恍然道:"此乃元帅以奖励投降之人啊!"伯颜笑而不语。

复州既降,鄂州就在眼前。复州投降时,阿术已急不可耐,奔驰至蔡店,并命部将阿里海牙来询问伯颜渡江之期。于是阿里海牙行至元帅帐中。伯颜问道:"阿里海牙来我这里,有何事?"

阿里海牙行礼道:"阿术将军命令末将寻问元帅渡江之期。"

伯颜不答,挥手对阿里海牙说:"你先回去吧,不要再说这件事。"

阿里海牙回去之后,向阿术报告。阿术心中纳闷,道:"既然如此,明日再去吧。"

第二天,阿术又令阿里海牙前去,伯颜又不回答。阿里海牙据实以告,阿术更加纳闷了。

第三日,阿术亲自去往伯颜处,询问渡江之期。

伯颜笑道:"你可真是心急啊! 这是大事情,主上将此事交给我们二人,怎么能让第三个人传话呢? 我已经有了打算,你且过来。"

阿术上前,伯颜便在阿术耳边悄悄告诉他渡江日期。阿术会意,亦小声道:"阿术明白了,阿术会暂时保密此事。"

消息传到潭州已经是十一月底,北方人已经穿上棉袄,江南的人们也尽着夹衣。文天祥得知沙洋、新城两城俱失守之时,在水路的另一边。二十日,江万载所率领的义军也终于抵达鄂州水域。

2. 鄂州水战

江万载既抵达鄂州,便先后派使者往阳罗堡、汉口、汉阳、鄂州

四、鄂州之战

谒见当地官员。当地守城官员态度不一,有的以为江万载所率领的义军为一支生力军,有的却担心此"乌合之众"会打乱鄂州一带的军防部署。

时任宋淮西制置使的夏贵,听闻江万载率军前来助战,大喜而出城迎接。见江万载的义军军容尚为整肃,乃叹道:"此乃江丞相之恩惠也!"

江万载与夏贵见面,表态说:"沙洋既失,鄂州便为门户。子玖率领义军,愿为守卫鄂州出力,调防便宜之处,但听夏制置使调令。"

夏贵道:"元军势头虽猛,我们亦不是无所准备。我已与鄂州程鹏飞商定,令汉水之地战船万艘,分据要塞。其中,都统制王达守阳罗堡,京湖宣抚使朱禩孙以游击军扼中流,程鹏飞守鄂州。另有王仪率一支军守卫汉阳——正好与我处隔着襄河而望,夹住襄河入长江的河口。"

江万载道:"这样一来,各处调配完备,正是以逸待劳啊!"

夏贵蹙眉道:"虽然调配完备,但是我心中仍然担忧。前日探子来报,说伯颜已经获得了吕文焕所制的江汉军防水文图!此图上所绘制的大小水道及各种军防关卡都十分精确,又兼吕文焕对江汉一带的作战十分熟悉,只怕蒙古到时候分兵小路,防不胜防。"

江万载叹道:"水防图果然在他手中。为今之计,只好加强兵力,扼守住各个关卡了。"

夏贵道:"只是这水防图也好,伯颜也好,都不曾与你的义军交过手,因此子玖你这义军,可谓是生力军啊。我方所设的各处守备,皆是沿江的据点。但是长江大而宽阔,中流乃是防守的薄弱处。从此地往东、阳罗堡以西,中有一大沙洲,名为青山矶,乃是藏匿奇兵的好去处,义军正可驻扎于此,为各处据点的驰援所用。子玖以为如何?"

江万载答道:"如此甚好!我义军在鄱阳湖操练,正以水军作战为主。驻扎在大江中流,正好发挥我义军水战特长。"

二人计议已定,江万载便率领义军前往青山矶。

十一月二十三日,伯颜突然召集诸位将领至蔡店。诸将皆知渡江之期就要到了,个个摩拳擦掌。二十五日,伯颜亲自坐上战船,往汉口视察形势,见汉口、汉阳两处战船整齐、旗帜分明并且守军众多,心中微微感叹:恐怕汉阳不易取也!

伯颜忖度阿术有勇有谋,便令其为先锋将军,攻打汉阳。阿术壮志满怀,欣然领命而去。

夏贵见元军来战,便列船阵应战。阿术远远望着,只见江面无风,江心处出现了一艘高大的有帆车船。车船的帆布高高卷起,车轮卷起水花,正乘风破浪地逐水而来。此船身后左右各有数艘大船跟着;大船中又似乎有小船,船上只可容纳几人而已。这小船无帆,只有橹和轮,船身又薄又轻——正是义军所定制的"核桃舟"。

阿术见对方船舰威武,并不胆怯,对部将马福道:"宋人造船之技果然高超,若不是刘整降元,咱们就没有大船可以与之相抗衡!"于是令手下战船迎头而去。

元军虽然造就大船,但是船上的士兵仍然以北方人为主,多有晕船而呕吐者,作战能力大打折扣;而江汉多水网,此地的宋军士兵也多熟悉水性,在船上作战如履平地。

双方战船刚刚靠近,宋军便有士兵从一侧跃至元军的船上。元军的大船本来速度就快,又因为被迫骤停,很快因为失衡而晃动

四、鄂州之战

起来,然而登船成功的宋军丝毫不受此影响,只管冲杀。元军有勇猛者尚且勉强抵挡,另有被晃晕的士兵甚至一边呕吐一边作战,几乎没有还手之力。

阿术见状,心中大急,又听闻宋军主将船上传来隆隆鼓声,便大喝一声:"拿箭来!"于是搭弓射箭,那箭冲着擂鼓之人而去。夏贵见状,亦搭弓射箭,射落了阿术的箭。

当时,江万载遣吴纶前来助战,吴纶在心内一算时间,便对夏贵道:"是时候了,可令船队向元军再近一步!"夏贵没有迟疑,果断道:"好,再进一程!"此时,双方水军已在交战,若是再接近,双方战船彻底混战在一起,这其实是一种冒险且拼命的打法。阿术见双方战船犬牙交错,诧异不已,道:"不承想宋军这么不要命!"于是下令持续放箭。

这个时候,宋军留守船上的有了伤者,而元军船上士兵死伤者更甚。夏贵眉头紧锁,然而不一会,面色又欢喜起来。

此时阿术正在船头观战,一士卒浑身湿透,呼喊着禀报:"将军,不好了,船底漏水了!有人凿船,有人凿我们的船底!"

阿术大惊,怒道:"瞎喊什么!扰乱我军心!"然而话音刚落,便感到大船剧烈地晃动了一下。一时间,元军船上人人大惊!

阿术愤怒地命令道:"撤退!返航!"

于是元军船上人人知道大船被凿,有的惊慌起来,有的反而更被激发出一股血性,战况更加激烈。

这时候,宋军的鼓点节奏一变,中间夹杂了若隐若无的长啸之声。宋军听此号令,一个个立刻"扑通、扑通"跳入江中。元军船上又有人来报:"船舱进水已至膝部!"

阿术闻言,无可奈何,又见各艘战船都开始摇晃且士兵慌乱,

第九卷　崖山绝唱

只得命令:"返航！全速返航！"

那一边,夏贵大声命令:"追击！放箭！"

由于双方战船本来已经呈现交错状,这时元军战船毫无战斗力且航行缓慢,夏贵见机,令所有弓箭手于大船两侧开弓,射向蒙古军的战船。阿术临危不乱,将士兵分为三部分:一部分只管尽力提速驾船返航,一部分只管防守宋军的攻击,一部分只管在舱中修复船只。元军战船徐徐而退,宋军战船紧紧跟上,如此追赶了数里水路。

大船离开之后,只见水面上除了士兵尸首之外,还漂浮着数十条小船,泊在原地不动,每条船上约有十人,这小船正是"核桃舟"。

原来,吴纶带领义军助战之时,亦将核桃舟带来,便是有此打算:每条核桃舟坐最熟悉水性的两三人,当大船作战之时,核桃舟正好以其灵活性穿插进入大船缝隙。当大船混战的时候,核桃舟上的人便可潜入水底,用一种特制的撬具来凿敌方战船的底部接榫处。接榫一旦被破坏,很难修复,战船必定受到影响,无法发挥功能。若是跳帮作战的兵士过多,核桃舟也可以作为跳帮士兵的退路。

这计策乃船帮出身的吴纶想出来的。当时的水战,凿船底这种方法,因为耗时比较久、容易被人发现且又可修复,所以并不常用,而吴纶这凿船手法则不同,因为船帮子对各种战船的结构非常熟悉,因此很容易找到接榫的关键所在,一旦凿通这关键之处,必然对战船造成破坏性影响;这其中的关窍,普通水兵是不知道的。

夏贵听闻此计策,认为可行,后来果然奏效。宋军追逐了数里之后,吴纶向夏贵进言:"穷寇莫追。今日我们已经大胜,可以返程了！"

四、鄂州之战

夏贵道:"不错,前方离开我军阵营已经颇远,若是元军派出接应的队伍,那我们反而有可能陷入危险。"于是便传令退兵。

这一战大大鼓舞了江汉一带的将士,也提高了义军的地位。此前义军一直未曾出战,又没有得到朝廷的认可,宋军中有很多人不把义军放在眼里,而经过此战,他们对义军有了一些认同。

第一次交战之后的十多日内,阿术曾派人或强攻、或偷袭汉阳,然而始终不得前进。

当时,汉江水系发达,北部有大湖连接汉江与长江,中间亦有小关卡。元将马福便向阿术建议:"汉口防御坚固,正面进攻恐怕没有效果。不如从沦河口穿至湖中,这里水系可经阳罗堡而通往大江。"阿术道:"阳罗堡亦是关口,然而绕道汉口背后,是出奇兵了。"

禀明了伯颜之后,阿术就令马福前往阳罗堡。

夏贵听得此消息,哂笑道:"元军技穷了吗?前次绕沙洋而取新城,这一回故伎重施,岂能让你们如愿!"原来,夏贵得知沙洋战况,扼腕之余便暗暗有所防备,早在沙芜口派兵埋伏,马福果然战败而退。

回到大帐,马福向阿术及伯颜汇报战况。伯颜细细问之,又沉吟良久,最后笑道:"塞翁失马焉知非福,马福虽然战败,我们正可施展声东击西之计!"于是,伯颜下令,"李庭率一支军围住汉阳,只围不攻,令兵士放出假消息,说是围汉阳而走汉口渡江……"

众将领命而去。夏贵见元军只围不攻,果然疑惑起来。打听到元军欲从汉口渡江,果然将精兵暗暗派往汉口以作支援。

十二月初四,伯颜得知夏贵果然移兵,乃命令阿剌罕袭击沙芜口,以多胜少。于是元军便从汉江支流转入大湖,通过沙芜口而抵达长江。初十,元军战船皆列于沙芜口,骑兵十万则在江北岸上。沙芜口地处长江以北,乃是汉口与阳罗堡中间地带的一个小关卡,从此往东穿过一片水域,便是阳罗堡——阳罗堡才是与长江相通的河口。到达此地之后,伯颜便派吕文焕诏谕劝降阳罗堡,吕文焕仍然是那一番说辞,守将王达拒绝投降。

元军不知王达兵力多少,便遣小战船千艘发动进攻。王达命弓箭手轮班待命,以火箭与普通箭矢轮番发射,严防死守,不让元军前进。伯颜见攻城不下,便与阿术商量对策。

伯颜道:"宋军善于水战,正面作战我们没有优势。但是我们必须攻下这阳罗堡,否则无法渡江。"

阿术道:"阳罗堡防守坚固,难以攻克。"

伯颜道:"青山矶往北有沙洲,名为青山峡,你今夜可以以骑兵三千,沿着北岸逆流而上,明日便可以从此处渡江而至南岸。"

阿术道:"攻城确实是下策,我们的目的本来就在于渡江,实在用不着占领一城一地。到时候,我分军船之半,循岸西上,泊于青山矶下,便可成功!"

伯颜大悦。十三日,伯颜遣阿里海牙、张弘范进攻阳罗堡。夏贵见汉阳平静无事,暗道不好,料得元军必然又走阳罗堡而入江,大呼上当,于是即刻率领所部前来救援。当日,两军交战于阳罗堡所辖的小河口,战斗甚为激烈,从下午一直持续到当天的夜里,直至半夜大雪落下,激战才逐渐停止。

3. 暗渡青山矶

在小河口战斗的同时,阿术悄悄率领一支元军,逆流而上,往青山矶方向而去。这一支军冒雪夜行,直至黎明时分,阿术于隐约

四、鄂州之战

中遥遥望见一片沙洲,不知深浅,于是不敢逗留,命令所率船队径直往南岸而去。然而元军刚刚进入沙洲地界,便落入陷阱中。原来,江万载义军屯兵所在的青石矶,正是阿术原计划的渡江之处,当日程鹏飞正欲率军前往阳罗堡助战,因风雪而阻,便在青石矶与江万载合军一处。听闻哨兵来报,元军已经有战船渡江,不由得大惊。

程鹏飞道:"元军不顾天时而作战,必有所恃重,咱们须得小心。"

江万载道:"不妨,一则元军为渡江而夜行,船上必然装备登岸的骑兵,这样船只吃水便深,不利于灵活机动;二则我们知道消息虽然晚,但是以逸待劳,而且人数数倍于元军,赢面更大!"

程鹏飞深以为然,便与江万载一同率军前往阻击元军。阿术亦派出史格出战,那史格作战勇猛,虽智谋不足,但有蛮力。

江万载见对方战船果然吃水深,便与程鹏飞计议各率战船左右夹击。

江万载令车船出战,那车船比蒙古战船轻快得多,不一会便到了元军船队侧翼。江万载令弓箭手做好准备,一旦进入射程,便开始放箭。只听得一声哨响,义军这边箭矢如蝗,直直地射向蒙古战船。然而黎明时分,江上水雾甚重,吴纶观看战况不甚明朗,对江万载建议道:"弓箭手视线受阻,杀敌有限,不如用投石机装上霹雳炮,以火攻为上。"

那霹雳炮乃是大宋建国的时候攻陷南唐所用的武器,发射一种可以爆炸并且具有引燃效果的大型弹丸。全国原本只有汴京的"火药窑子作"可以制作。靖康元年(1126),金国围攻汴京的时候,那工厂中的匠人曾经造出许多"霹雳炮"来帮助李纲守卫汴京,颇

第九卷 崖山绝唱

见成效。靖康之难后,那火炮匠人的徒子徒孙流散江南,其中一支为鸿升船厂所收容,转行成为船厂的普通匠人。江氏等人筹募义军之时,鸿升船厂接受了义军的战船订单。那火炮匠人主动要求参与,使出浑身的本事,为义军的数艘大型战船安装投石机并制作"霹雳弹"。

江万载道:"这天气太湿冷,不知霹雳弹效果如何?"

吴纶道:"混战之时,正需要奇兵震慑敌方,霹雳弹定然有效!"

江万载下令架起投石机,此时,天已经大亮,然而视线仍然受阻。训练有素的士兵算准了距离,将弹丸稳稳地冲着元军的一艘战船射去。只听得轰隆一声,那弹丸炸开,引燃船体,许多元军士兵的身上也烧着了,在原地打滚。

此时,程鹏飞与史格也已经交手。晨风从西边刮过来,吹散了雾气。程鹏飞见状,立刻令早已准备好的弓箭手发射。元军挡了一阵箭矢之后,双方开始对射起来。等双方船队贴近,宋军又开始了跳帮作战。程鹏飞见己方处于强势,很是豪迈,拉弓瞄准史格,一箭射中史格左臂。史格当时正与跳帮的宋兵混战,以为自己中了流矢,并不在意,砍下箭杆,只留箭镞在体内。程鹏飞见一箭未能成功,于是又是一箭冲着史格而去,这一箭射中史格肩头。史格似是有所察觉,直直地望着程鹏飞的方向。程鹏飞见自己所射出的两箭都没有奏效,心有不甘,又射出第三箭,瞄准之时,正好与史格对视。这一箭直冲着史格胸口而去,史格不躲不避,竟然用手去抓那箭。那箭去势甚猛,饶是被抓,已然射入体内两寸,插在了肋骨上。史格大吼一声,双目赤红。程鹏飞三箭全中,却不见对方有所动摇,对视之际竟然生出敬佩之心,心中暗暗感慨。

此时,天际忽然传来轰隆巨响,两军都随之颤抖起来。原来义

四、鄂州之战

军连发三炮,有两炮打中,一炮落入水中,溅起巨大的水花。火炮将雾气炸散,江面上的局势逐渐清晰起来。元军的六艘主要战船,有两艘中了炮,其余护翼船只,亦是七零八落。阿术在后方遥遥听见火炮之声,心知不好,忙放出信号烟雾令史格后退。

此战阻击史格成功,杀敌约三百人,江万载乃与程鹏飞合兵于一处。

程鹏飞赞道:"真是利器啊!"江万载则赞道:"程将军箭无虚发!"二人哈哈大笑,宋军及义军诸人都觉得赢得畅快。

江万载道:"史格此次退兵,必然还会卷土重来。前方沙洲,也要防止其登岸。"

程鹏飞深以为然,便欲分一支军返至沙洲以做准备。此命令刚刚发出,宋军的探子又来报:"蒙古军又来了!"

江、程二人大惊,于是匆忙间摆开阵势。这时候天已大亮,雾气散去,岸芷沙汀,历历可见。长江中流上一支庞大的战船队伍井然有序地摆开阵势,将船上站着一位神采奕奕的青年将军——正是阿术。

吴纶见对方阵势颇大,心中踌躇,悄悄对江万载道:"某心中略计其数,元军战船约百艘。而且其中有一种大船,腹大而吃水深,像是有双层底舱。这种双层底舱,一层深,一层浅,既可以藏士兵、武器,又可以藏战马。这种船只数量甚多,恐怕这水军中隐藏了不少骑兵,元帅请做好打算!"

江万载略略点头,对程鹏飞道:"为今之计,只有在中流作战,万万不可让元军登陆。若是元军渡江成功,汉鄂之地便犹如其盘中餐!"

程鹏飞道:"江元帅所言极是,此番必须拦住蒙古人!"

第九卷　崖山绝唱

江万载道:"不如仍然分作两翼,从左右分头阻击如何?"

程鹏飞道:"正应如此!"

于是二人仍然按照先前作战的阵势分作两支,从左右各自迎上去。

阿术见状,亦将自己所部分为两拨,史格带领一支应战江万载义军,只求拖延时间,而自己则亲自带领精锐应战程鹏飞的队伍,此取田忌赛马之策也。江万载迎战史格所率一小支兵力,应对起来并不吃力,皆因在之前的战斗中,史格部受创不少,此番疲惫作战,而江万载军则损伤甚少,因此轻易占了上风。

箭雨之中,史格的肩部中了流矢。江万载以为这边轻易可以结束战斗,然后与程鹏飞合兵而战阿术。不料史格再中箭矢之后,大吼一声,身体里面的血性完全爆发,竟然越战越勇。其船上士兵见主帅悍勇,大受鼓舞,个个不要命似的战斗着。不少元军攀爬到了义军船上,有的被义军在船沿剁手而落入江中,有的成功登上义军战船,双方士兵就在船上厮杀起来。

另一边,程鹏飞遥遥望见史格中了自己三箭仍然可以带兵出战,不由得叹道:"竟然不知伤痛!"在这片刻的观战之时,又见史格再中流矢而越战越勇,心中感慨元军之勇,竟然生出胆怯之意。正在此时,忽听得一声喝问:"是你射伤我的部将吗?"程鹏飞听闻此人的声音,犹如金石,亦大声答道:"不必多言,今日必要大战一场!"

阿术仰天长啸:"哈哈,如此正好!"

程鹏飞令战船向西边驶去,以船翼相对,以便于弓箭手作战。阿术亦令战船斜斜驶过,两军交会处,一阵乱箭互相射出。程鹏飞心中紧张,不敢松懈,令弓箭手轮番射箭,一组射完,另一组便顶

四、鄂州之战

上。阿术估算了一下双方战船的距离,也拿了一把硬弓,瞄向程鹏飞,正与程鹏飞之前的偷袭如出一辙。程鹏飞见状大惊,侧身欲躲之时,那箭矢已然到了身前,眼睁睁看着箭矢射中自己的肩窝,只觉一阵剧烈的疼痛,身子不由得晃动起来,被身边部将扶住。阿术大喊一声:"你方主将已为我所杀,还不速速退去!"宋军不知真实情况,心中动摇,手上力气便弱了。程鹏飞喘息道:"快,喊,主将尚在!"说着,自己勉力站起来,举拳示意,于是宋军军心稍振。

阿术见状,随即又射一箭,程鹏飞大腿中箭,这下子再也坚持不住,不由得瘫倒在地。

阿术射箭之后,更不与宋军缠斗,此时双方已经在中流交错,阿术便令战船直接向南岸而去。

程鹏飞大喝一声:"不好!快令战船靠南岸!"于是宋军立刻掉头往南岸而去,然而因掉头之势,实际上与元军形成了东西平行的状态。蒙古战船吃重,宋船轻快,竟然后发先至。到了沙洲,还未能摆开阵势,阿术亦率众登岸。双方就在沙洲上胡乱厮杀起来,蒙古战船逐渐靠岸,果然有骑兵出舱。

此时,义军亦发现不妙,李版视野最好,遥见南岸有骑兵,急忙向江万载汇报。江万载大惊,忽然领悟阿术的策略,立刻放弃与史格的缠斗,令吴纶守船,自己则率部乘快舟,也往南岸而来。

吴纶亦不敢恋战,寻思鄂州乃是最大据点,便率战船走中流水路往鄂州去了。南岸沙洲,元军靠岸的大船越来越多,船上骑兵勇不可当。宋军、义军主力以水军为主,其次步兵,于陆地上遭遇骑兵,便毫无抵抗之力。程鹏飞见元军登岸,心中焦急,勉强包扎伤口,仍登岸指挥作战。双方混战半日,宋军多有损伤,且战且退,最后退缩至沙洲以西、鄂州以东。至于江万载率义军与程鹏飞会合

第九卷 崖山绝唱

之时,已经过了午时。

那时候,程鹏飞身上已有七处伤口,不能行走,江万载心中痛惜不已。元军的骑兵已然集结起来,眼看青石矶守不住了。

程鹏飞见江万载来援,双目热泪,大呼:"子玖!南岸守不住了!"

江万载亦悲痛不已,又劝住程鹏飞,道:"青石矶既失,不如就退回鄂州。鄂州守住一日,蒙古人就不敢直接南下,否则必将腹背受敌。程将军万万打起精神来!"

程鹏飞清醒过来,点头道:"不错,为今之计,一定要固守鄂州!"

于是宋军、义军各自收拾散兵,合为一处,从陆路往鄂州而去。

阿术既登青石矶,又获得了宋军战败留在此地的战船,心中畅快,令人将战船列成浮桥,浮桥连接沙洲,直接通到长江南岸的陆地。伯颜收到阿术的捷报,大喜,于是全军尽出,攻打阳罗堡。

阳罗堡中,夏贵听闻阿术渡江,大惊,对阳罗堡守将王达道:"元军刚刚登陆南岸,必然没有稳妥扎寨,我要领军偷袭,必要让阿术的渡江无功而返,这里就交给你了。"

于是夏贵率领麾下三百艘战船,渡至南岸。当时冬日,南岸多是干枯茂密的芦苇,夏贵纵火烧之并上岸掠杀。

与此同时,阳罗堡也在激战。伯颜派出全军精锐必要在当日拿下阳罗堡,而阳罗堡守将王达、定海水军统制刘成抵挡不住,又坚决不投降、不逃跑,双方死战,从早到晚。王达、刘成以及城中所有士兵约八千人,最终战死。双方死战之时,夏贵得到消息,便又要去救援,部将劝阻道:"元军数倍于阳罗堡士兵,南岸既失,元军对阳罗堡可谓势在必得。我们若去,杯水车薪,以卵击石,实在不

四、鄂州之战

划算。不如往下游庐州去,庐州亦是江防重镇,在彼处做好打算胜过此时扑火啊!"

夏贵叹道:"此言甚是!"于是令部下掠杀之后,径直顺水往庐州而去。

撤至鄂州,江万载等人终于得以喘息。阳罗堡失守的消息传来,鄂州诸将颇为震动,汉阳亦然。当时,朱禩孙所率游击军也得到阳罗堡失守的消息,寻思连夏贵都往庐州去了,江鄂之地,恐怕难守,于是也率军连夜奔江陵而去。

吴纶略知军情,献策江万载道:"鄂州亦凶险了!我们义军建立,没有用朝廷一份粮草、一两银钱,若是在此陷于绝境,岂不是死得冤枉?趁着大战间隙,我们不如就此离去,方为保全义军之策。"

江万载道:"你考虑得有些道理,只是就这样去了,却是不顾大义了!"

吴纶着急道:"元帅,不可犹豫!此去鄱阳湖,正是顺水,不过数日行程而已。"

江万载略一思忖,道:"南岸元军虽然登陆,然而听说夏贵掠杀,给元军造成不少麻烦,我们可顺水而击南岸之元军!"

于是江万载前去探望受伤的程鹏飞,告之离去之意。

程鹏飞叹道:"我为一城守将,不可擅离,你为义军,自然不必拘泥。鄂州情势危急,实在是天命啊!"

江万载望着面色苍白的程鹏飞,道:"程将军为国出力而受伤,已然尽力,无愧于心就好。"

程鹏飞虚弱地眨眼,道:"我要赠船给你,虽然不合大宋法度,但也顾不得了。你不要推辞,若是落到蒙古人的手里,这些大宋匠人的心血,难道要以此来攻打大宋吗?"

第九卷　崖山绝唱

江万载内心震动,除了感激程鹏飞的馈赠之外,亦感慨于他对整个战局乃至于宋廷的灰心之意。欲要安慰,又不知道该说什么,最后对他保证道:"江某必让所得战船发挥作用。"

当日,江万载便率领义军从中流顺水而下,途中经过青石矶,吴纶建议:"此处可用投石机投射火油、火箭,以为骚扰!"

江万载从其言,义军得令,直接将火油、火箭一股脑儿地往南岸的浮桥及帐篷投去。元军见一支战船靠近,不知是何方军队,刚刚报给阿术,尚未来得及反应,就被一阵火攻弄得慌乱起来。

阿术忙令部将安抚士兵并组织灭火事宜,又亲自带领数人,前往查看。然而等到他们登船时,却见这一船队又渐渐远去了。

阿术知道这是宋军骚扰,虽然烦恼,但是因为没有士兵伤亡,所以也不计较。

不出两日,汉阳知军情不妙,便以城降元。汉阳本为鄂州的屏障,汉阳既然投降了,鄂州也成了孤城。吕文焕便前往招降鄂州守将张宴然、都统程鹏飞,道:"你们所依靠的,乃是江淮之地。然而现在元军渡江,如蹈平地。鄂州已成孤城,若不投降,还有什么出路吗?"

程鹏飞对张宴然说:"实在没有其他的路了。既然守不住,为了这全城百姓免于屠城之祸,降了吧!"于是二人献城投降。

五、止水忠魂

1. 守饶州

咸淳十年(1274)末。

鄂州之战结束后,从战火中逃脱出来的几支宋军,皆往下游而去,有的去了金陵,有的到了芜湖。此时,兴国、南康、江州等都已经投降了蒙古。

江万载率领义军,往饶州而来。

饶州知州唐震听说义军重返饶州,大喜过望,这两日里日日遣人往水门处观望。听兵丁报告说远远望见大船了,唐震急急忙忙地赶至水门。

只见水雾弥漫之间,一艘高大的车船当先破雾而来,船上高大的桅杆上,旗帜微微晃动。在其身后,还有大大小小数十艘战船的身影,影影绰绰,望上去不知道到底有多少。唐震神情激动,嘴里喃喃道:"这回可有救了!"

江万载下船,唐震上前迎接。江万载便令船队驻扎在城门外,水寨环绕饶州西门。

大帐之中,江万载与唐震对坐。唐震对江万载行礼,道:"江元

第九卷 崖山绝唱

帅率兵到此,正好解我饶州之危。江元帅为大宋有此盛举,饶州百姓、大宋子民还有朝廷,都将感激不尽!"

江万载摆摆手,真诚地说:"元军压境,身为大宋子民,必须勠力向前,否则终有一日成为他人之奴。现在元军大兵压境,我义军自然义不容辞。更何况饶州乃是要冲,家兄之前决定定居在饶州,就是希望能够率领义军在此地困住元军,使其不得顺流而下。"

唐震面色凝重,道:"江丞相为国出力,真是鞠躬尽瘁。我前日去探望,与江丞相交谈多时,大为受益。只是江丞相年岁已高,定要保重身体才是。再说这水寨,窃以为不如北移稍许。元军若入侵,有南方、东方水路可行。饶州一城,守住了元军南下的路,可是这东边的水路,防守恐怕略有些薄弱。"

伯颜军中主将营帐。

"报大将军,有军情!"洪亮的声音传来,一个神色肃穆的牙将进入营帐。

"说来!"伯颜站在长案后,面对行军图,不动声色。

"江万载的水军如今已复入鄱阳湖,往饶州而去。"顿了一下,牙将接着说,"军中斥候来报,江万载军一入大湖如鱼得水,一改前日之乱象,颇为整肃。将军……"

伯颜慢条斯理道:"不成气候,这小鱼儿翻不出浪花来,不必在意。"

阿术在侧,道:"宋军布防工事,早有定数。只是这水军,如若穿插其中,也是颇为麻烦的。屯入大湖又如何,早晚要破了这一支军队。"

伯颜起身,双手背于身后,道:"大宋颇讲究礼义,江万载自称

五、止水忠魂

'义军',以为得到文天祥、张世杰两处支持便有所恃,哼!宋军与江万载水军看起来互为首尾,实际仍是孤军而已,后继乏力,即便不理会,早晚也会自灭!"

阿术豪气凛然道:"将军所言甚是,但阿术仍愿领军消灭他们!"

伯颜笑问:"阿术怎么突然执着起来?"

阿术道:"大将军,汉人常道千里之堤溃于蚁穴,万万不可给他做大的机会。更何况,咱们自出兵以来,何尝有过败绩,即便是饶州,据将军说,并不是我们打不过,实在是不屑一顾,然而看起来却好似咱们真怕了那一支水军似的。我们这一番士气大涨,又岂能因为这个而泄了自己的士气,长他人志气?"

伯颜闻言,哈哈大笑道:"果然意气风发少年人也,便准了你的提议。"顿了顿,又道,"事不可鲁莽,听闻刘整与三古家族有旧情,这就先派刘整去说合一番吧。"

刘整本已得知伯颜本不与江万载为敌,还没松一口气,又接到命令,要去说降江万载。即使做多了说降这回事,刘整免不了苦笑连连。刘整与江氏族兄弟以往是很有交情的,刘整在四川军中受排挤时,在朝中多得江万里派的维护,盖因江万里知道他是有担当之人,为国家挽留人才,时时维护他。可是刘整居然降元,宋廷又诧异又愤恨。刘整知道自己已然不义,倒也无所谓,唯一惭愧的就是不但没有回报江万里维护之恩,反而陷其于不义。

既然接到命令,亦无可奈何,刘整便收拾一番并写书信告知,信中略叙温寒,并言"只叙旧情,不谈国事"。

江万载接刘整书信,便知此人是来说降的。当时其子江钰在旁,见刘整信来,张口便骂:"不忠不义之人,真是不耻与他往来!"

第九卷 崖山绝唱

江万载叹息不已,虽然心中明白刘整的难处,但对其所说亦不敢苟同。江氏家族自幼受教,其子弟多重情义、轻生死,江万载亦然,大丈夫何惧一死?

时江万里、江万载二人俱在饶州。刘整既来,江万里便于厅中设宴接待。中间谈及多年情分,两人都嗟叹不已。当初那般的意气相投,如今却落到敌对阵营里面了。

二人对饮,江钰便打横相陪,坐于下首。

然而终于谈到国事,江钰原本看刘整既是前辈又如长兄,当年多么慷慨豪迈,此时居然在为蒙古人说降!年轻人喝酒之后更不能忍,于席间猛然起身,一言不发而去。

江万里犹道:"少年人尚有血气也!"

刘整惭愧不言。然而江万里话音刚落,一支箭便斜刺里射过来,直直冲着刘整左胸而去。

此箭一发出,他便察觉了。于是下意识地身形一动,便欲躲开,却见人堆里一双嫉恨的眼睛——正是江钰,电光火石间,这一箭便射在了左肩膀上。

江万里大声斥道:"何人放箭?"

江钰持弓上前,面有怒色道:"似此等恬不知耻的人,我这一箭还算是便宜了他。"

江钰声音颇大,话音刚落,便有人叫好,还有人于起哄声中大叫"杀了他吧!"场面一时热闹起来。

刘整捂着肩膀,观江钰及其身后众人之怒色,默然不作声。

江万里举手止住众人,乃对刘整道:"事已至此,想必刘将军也明白我江氏的心意了。劝降一事,再不必说起。今日已不能把酒言欢,更没有明日,君好自为之吧!"说罢便挥手送客。

五、止水忠魂

自那一箭射出,刘整似有醍醐灌顶之意。返途始终默然,然而忧思更甚。

伯颜帐中,刘整详言拜访江万里一行的所见所遇,伯颜听闻,叹:"江氏心意,不能转也!"

伯颜便以刘整伤病为由,令其退出首战之列。刘整不觉叹道:"我自投奔蒙古以来,练水兵、攻襄阳、出南下之计,不可谓不出力。然而事到如今,处处又低人一等!"伤病兼忧思,刘整没多久竟然因此郁郁而终。此是后话。

当时,阿术在侧,便献策道:"既然将军想要劝降,倒不如劝降饶州地方官,那通判知州若是降了,他一个义军还能违逆了不成?"

伯颜从其言,便另派两人暗中说降饶州通判万道同、知州唐震。

万道同此人最是有心机,江氏水军到来之时,他曾笑脸相迎,以为有了援助。等到蒙古来人说降,他便又暗中准了投降之事,只待元军到,便开城门。

唐震见有人来说降,大怒道:"尔等以为我唐震是贪生怕死、不忠不义的小人么!"说罢,亲手斩杀了来使。唐震忽而想到,既然有人来说降于我,说不定也有人说降于万道同,虽然自己与万道同并不投契,但也并不交恶,想来在投降这种大事上面,还是能达成一致的。想毕,唐震便连夜往万道同处而去,欲告知万道同蒙古来劝降一事并遣人往江万载处报信,以为警醒也。

万道同见唐震颇为愤怒,劈头便问:"唐大人今夜是否见了蒙古说降之人?"还未等唐震回答,万道同又道,"那蒙古说降江丞相不成,竟然夜里来访于我!哼!我万道同已将来人扫地出门了!"

第九卷　崖山绝唱

唐震闻言，心下大定，乃道："吾处亦来人劝降，已被我斩杀了！"

二人相视，哈哈大笑。

唐震问道："万大人有何打算？"

万道同道："我饶州城有水军数万，元军仓促间必不敢来，如果来了，便宜行事即可。"

唐震道："还需时时联系江丞相！"

万道同道："甚是！我这就命人前去告知！"

江万载处，见二人皆来报信，以为元军尚在部署，便休息去了。还没打个盹，便听到喧哗声："报！蒙古大军已破城，万大人投降，开了城门！"

江万载闻言惊呼："什么？"旋即明白是哪里出了错，咬牙道，"好个万道同！"江万载急急下令："传令水军，依前次布防，各守门户，截断回返之水道……"

当时的形势，江氏水军皆驻扎在城外大湖，可没想到元军竟然在船底装摇橹——如此行船便没有声音，夜里行军，穿过布防而至饶州城。领军将领正是阿术，穿过布防时耻笑道："这等布防，处处是漏洞，哈哈！"小将提醒道："将军，大声言语恐惊了守军。"

阿术道："怕什么，守军已在我们身后了！"

元军便这样到了饶州城下，万道同开了城门，元军便长驱直入。唐震得到消息，急忙组织抵御并往江万里、江万载处报信，但是已经来不及了。

阿术抓住唐震说："江州诸郡已降，唐知州想来都已知道了，今日便请唐知州也写一份降书吧！"

唐震大怒，掷笔于地，骂声不止。

五、止水忠魂

阿术见唐震如此刚烈,命令道:"就于街市中杀了吧!"

江万载收到斥候所报之后,又收到唐震的报信,问及来人"唐大人现在何处,情状如何?"来人哭道:"唐大人率领一小队人与元军战于街巷,只怕凶多吉少……"话音刚落,又有斥候来报:"唐大人已死,尸首悬挂于城门!"

江万载站起身来,只觉目眦尽裂。忽而又想到兄长江万里,此时正在饶州城中,头顶犹如一盆冰水倒下!

2. 止水之殉

饶州城破,元军照例抢掠一番,处处鸡飞狗跳、哭爹喊娘,随处可闻撕心裂肺的哭声和女子的尖叫。

芝山止水池,又是另一番景象。江氏家族名声在外,阿术循声而来,轻易便破门而入,江氏家族无论老小皆被驱赶至一处。

阿术看了许久,见不到江氏族人有一丝惧怕、卑微的神色,不由得觉得非常无趣,于是下令道:"随便杀。"说完转身欲走。

江氏族人虽不多,却抱定了必死的决心,与元兵搏斗起来。

一片混乱之中,华训护着江万里渐渐行至止水池旁。

江万里靠着华训,喘息道:"我年岁已高,不争这人间岁月了。我之一死,愿令更多宋人同心同德,血性抗敌,便算是死得其所了。"说着,江万里喘息得更厉害了,眼前也似乎模糊起来。

江万里将一物交到华训手中,眼神热切地看着华训道:"此乃信物,持此信物可调配大湖西路的水军,可与吾弟万载互为呼应。"

华训听闻江万里这番话,不知道该如何回答。

与此同时,江万里忽然仰天长叹一声,跃入水中。江万里有意求死,一跳下去,便不见了人影。见族长如此情状,江氏族人哭声

第九卷　崖山绝唱

连起,竟纷纷往水里跃去。

别说华训,就连楚宁也看呆了。蒙古兵士更是傻了眼,不知这些人为何跳入水里。

楚宁突然反应过来,此情此景虽然令人震撼,然而这可不是发呆的时候!看着满脸泪水的师妹,楚宁咬咬牙,搂住师妹,深吸一口气,往水中一跃而入!

冬天的水冰冷刺骨,华训一入水中,便被刺激得清醒了过来。

在此之前,华训虽然入江湖数年,却甚少取人性命。今日目睹了蒙古人视宋人为草芥、杀人如割草的兽行,受到了极大的冲击。又因为她平日里与江氏族人相处甚好,不想这些人一日之间竟然全部遭难,心里大受打击,一时间失了神智,连楚宁数次喊她也没有听见。等到被冰水一激,于水中见师兄焦急的神色,连忙伸手去抓师兄的手臂,这才发觉自己的手心里还有一物——正是江万里死前所遗的信物。于是改伸手为划水,将东西收入腰间口袋,然后冲着楚宁摇摇头,示意自己没事。

止水池早被鲜血染成了红色,楚宁看不清华训的动作,于是便游到华训身边,用手指了一个方向,华训细细一感知,正是水流的方向,于是便沿着楚宁所指方向游去。

潜游了一刻钟,楚宁见水面不再有人影出现,便略略上浮,面朝上只露出口鼻,观察岸上情况。岸边是一大片黄草地,元军已经在身后远处了。

华训一日之内遭遇大变,心神震动。往日只听得文天祥讲述"忠、义、节、烈",也常常动容,受到鼓舞,但是经历这巨变,才深深体会到"忠、义、节、烈"这四个看起来无比光鲜和荣耀的字,背后全是鲜血与生命。思及此,挂在脸颊的泪也干了,抱膝坐着,怔怔发

五、止水忠魂

起呆来。

二人歇息一会便要出发，不过一两个时辰就到了江万载的水寨，其时天色尚未晚。

江万载当时调配已毕，水军正将元军呈三面包围之势围在了饶州城。那饶州三面临水，背靠大山，原是易守难攻之地。江万载的义军既擅长水战，又没有急着发动进攻。于是两军陷入对峙。

江万载见了兄长信物，心中悲痛不已，连呼数声："兄长！兄长！"

楚宁道："止水池边三古家族不论老幼妇孺凡在家者，或战死，或投水而亡，没有一个投降、后退的……"

江万载听闻自己的子侄辈在此役中凋零大半，心中大痛，激愤之下吐出一口血。

华训在侧，立刻扶住，江钰亦大惊，还来不及悲痛，立刻大喊："来人，寻大夫来！"

过了一会儿，江万载捂着胸口慢慢地缓了过来，待见到面前江钰泪流满面，心中又是一痛，发出一声低沉的悲叹，落下两行热泪。

楚宁缓缓道："丞相死前未了心愿，乃是壮大水军，保护我大宋江山，想必三古家族英烈皆是如此，因此才宁为玉碎。此番大任皆落于江大人身上了！现下饶州对峙之势已成，请江大人早作定夺，以免生灵涂炭。宁虽不才，亦愿为驱使。"

江万载终于是缓了过来，见华训所携兵符，摩挲一会儿，慢慢收泪道："水军建成后，人数众多，终于引起朝廷关注。然而奸相竟然以势大为由，勒令瓦解。于是吾兄便将水军一分为二，一部分便是现在我手上这一支鄱阳湖水军。另一支，总人数在一两万人之间,原本是各处水寨水匪或者是山野好汉,朝廷下令之后,兄长便与他们约定化整为零并将零星而来的投军者都就近编入其中。这兵符,与江氏子侄手中所持者合二为一,便可调动水军。"

众人都不知道这事,连江钰也瞪大了眼睛。江万载道:"既然是托付给宋瑞,便请华训姑娘将此符带走吧!"

华训将符收起,略作休息,便与楚宁连夜往潭州而去。

潭州与饶州路程有千里之遥,因长江沿线大多数城防已经沦陷且蒙古兵处处可见,楚宁与华训便走西南取道隆兴,然后折往西方。如此便多了些路程,两人寻驿站选了好马,千辛万苦方才到达潭州。

自鄂州之战后,坏消息太多,文天祥日夜揪心,最怕听到义军的噩耗。因此这些日子文天祥夜不能寐,经常和衣而卧。这时候听说华训二人连夜赶来,心知必定是义军出了大变故。

3. 造势

文天祥一边揣测着,一边料想战事未必一败涂地,甚至存了一丝侥幸,希望听到一两个好消息。

然而军事形势总是瞬息万变,令他做梦也没有想到的是,江万里及其家族竟遭遇大祸,几乎灭门。华训见文天祥衣带宽松地疾步出来,心中酸涩不已,痛声道:"先生,华训有辱使命!"说罢便跪下,泪珠子成串地掉下来。

楚宁将江氏家族的遭遇一一讲述了。

说到江万里临终遗言时,华训终于默默收了眼泪,将兵符放在文天祥手心里。

文天祥乍一听闻此消息,已然惊呆,说不出话来。突然手中多

五、止水忠魂

了一个温润光滑的物件,低头一看,是一个黑色兵符,上面隐隐雕刻着暗纹,古朴威严。

想到老师的整个家族几乎都灭亡了,文天祥哭号起来。文天祥哭了又哭,华训不知该如何劝,唯有陪着再次垂泪。

欧阳氏见夫君涕泪纵横,便忍不住也流泪了,慢慢地将夫君扶了起来。

楚宁对欧阳氏说:"师妹伤心已极,这一路来多有饥寒,请夫人为师妹安置。"

欧阳氏道:"正该如此!"便令家人带华训、楚宁二人休息,又转身劝道,"夫君,且保重。即便事不顺遂,还需要夫君你力挽狂澜呢。"说罢见文天祥仍在垂泪,手中紧紧攥着兵符,便也不顾家人奴仆皆在跟前,半跪着低下身去,轻轻地将文天祥的手握起来。

三古家族集体投水之事传回元军营地,伯颜、阿术、阿里海牙、塔出等元军将领无不动容。

伯颜赞叹道:"若是宋人都将此节烈精神用来抵抗我们,我们打下宋国更要增加多少阻力!这些人一片忠心为宋廷,可谓光照千古!"

阿术左手摸摸右手的手腕,毫不在意地说:"可惜死也白死,倒不如上了前线,还能拼杀一场!哼,投水自尽也算他们识趣,免得咱蒙古士兵下手了!"

塔山亦言:"热血之士有热血之心当战死沙场,自杀又是为何?"

伯颜道:"此乃汉人的忠义精神,舍身成仁也!此事一出,免不了有激愤志士抱成团,一致对外。"

第九卷 崖山绝唱

塔出哈哈大笑:"激愤志士受了刺激,再去投水,倒免得咱们动手了,反正江南水多!哈哈!"

伯颜、阿术等人一起大笑起来。

伯颜挥挥胳膊道:"好了,商量正事。江万里既死,鄱阳湖水军便落入江万载和文天祥手中。此二人虽不足惧,这水军却比宋廷的军队难对付,咱们必须迅速东进,不可耽搁于此。"

阿术道:"并非咱们一定要与那水军对峙。可大军东进,必得没有后顾之忧才好。"

伯颜道:"正是如此,但缠斗不是上策。我有一法子,可以兵不血刃收服水军。江万载不受宋廷待见,焉知水军与宋廷没有嫌隙?既然如此,我们不如也学学汉人,先下令优恤江氏家族及其他殉难者的后人,令生者感恩,如此便可携恩以招降江万载,诸君以为如何?"

阿术和塔出皆大喜道:"此法甚好。"

阿术道:"虽不能痛快一打,然而这却是'不战而屈人之兵'!"

伯颜笑道:"阿术,最近兵法读得甚好!"说着抬头捋须,却看见吕文焕蹙眉不言立在一旁,便问,"吕大人最了解江南汉人,对此法子可有意见?"

吕文焕心下矛盾:招降江万载的法子,若是可行,倒是能保下不少汉人性命;可江万载和他哥哥一样,都是认准了道走到底的人,未必会答应。到时候惹恼了伯颜,恐怕元军杀戮更重,甚至有屠城之祸,那时反倒不如不招降的好!但若是不招降,两军早晚也是要对垒的,不知事态又将如何。

忽听得伯颜问话,吕文焕便说:"江万载此人颇为顽固,怕是不容易招降啊!"

五、止水忠魂

伯颜道:"无妨无妨,这个法子成有益,不成亦无损。两军战事已久,不在乎多一场少一场战斗。"

饶州城外,水军大营。远远看去,大营中一片白色。

书房的地上纸屑数片,门外的小童却不敢进来打扫。"茶水该凉了。"小童心想,于是转身去了隔壁的茶水房,重新端上茶来。

粗重的呼吸声逐渐平缓下来。一位身着素白衣裳的中年男子,表情疲惫,立在窗前,一手抚胸,一手背于身后。

小童轻手轻脚的,将茶水换下时悄悄抬眼瞄向男子,便看到一张坚毅和威严的脸,可是嘴巴干裂,眼睛里也充满了血丝。

小童赶紧屏住呼吸,小碎步倒退着出了书房,然后才呼出一口气来。

文天祥叹了一口气,打破了沉默,道:"江师叔不必着急,这蒙古人虽然发檄文招降,但是咱们必定是不降的。学生这次见大人,不只是将此招降表带来给大人看。咱们水军壮大,蒙古人未必不忌惮。只是蒙古人也学会了先礼后兵这一招,不知道又有什么后招啊!"

江万载道:"家兄率族人投水之举,犹在昨日,我怎可能被元人招降了去!蒙古人简直是妄想!"

文天祥忧心道:"那伯颜许诺优恤死者亲属,却是为了收买人心啊!只怕有人被蒙蔽,那伯颜便有机可乘了!"

江万载道:"若是被这小恩惠迷了眼,枉为我大宋子民了!"说罢看了眼文天祥,"蒙古人想法天真,你又何必担心!所谓携恩图报,不过是妄言罢了,蒙古人何尝有恩惠于大宋了?哼!"

文天祥放下心来道:"蒙古人这次大肆写招降表,弄得天下皆知,说不定还是咱们的机缘了。"

江万载靠窗子坐下,目视文天祥道:"贤侄有话请直说。"

文天祥镇定道:"既然降表传于天下,那么朝廷一定也看到了。"

江万载皱眉道:"不错,那群嫉贤妒能的家伙,不知道又要生出什么事来!唉!"

"招降表既然流传,先师及三古家族事迹必定要先为人知,否则招降之说从何而来呢?我计议联系张世杰,备说饶州人士英勇壮烈,以激励天下英雄义士,同时上表为水军正名,这样便可与朝廷大军互为策应,如何?"

"这是要造势。"

"既是造势,也是借势。"

"此法可行,若是得到朝廷支援,水军何至于举步维艰呢!"

"我这就写信!"说罢文天祥便唤小童磨墨,其信略曰:"先丞相江万里及三古家族事迹如下:……其忠烈感天动地,可上达天听也!并请世杰兄广为散布,以传故事……"

不出三日,张世杰回信便到了:"宋瑞与我可分头上表,多派使者……另外,故事既广传,吾派兵助水军收复饶州,以为如何?"江万载闻讯大喜。

张世杰决定派兵帮助江万载再度收复饶州,为江万里造势。计议不过三五日工夫,为防止上表被截,张世杰与文天祥派出一明一暗两路使者,马蹄腾腾,往临安而去。

与此同时,江万载与张世杰合兵,将水军再次集结,就在饶州城外绕水筑寨。江万载整兵颇有法度,饶州元军在城墙上居高临

五、止水忠魂

下,只见全军缟素,面带悲愤之色的不少,盖因其家属亲朋多有死于蒙古人之手者。守将史格见此军容,暗暗赞叹,一面立刻遣人送信给阿术,一面命兵士各司其职,不可妄动。阿术接到信之后,略一思索,便下令能守则守,不能守则撤。史格看了信,心底虽疑惑前番费劲得来的城池难道又要放弃了,但还是遵令而去。

阿术为史格解惑道:"大军只往临安,分兵不妥。临安若降,水军不过草芥也。"

当时江万载、张世杰水军集结完毕,便分左、中、右路进攻。史格于城墙上观望时,见水军旌旗分明,每船配有步兵、弓箭手、旗手、擂鼓者,总计数百人。船首有吹号角者,号角声响起,那船队便呈扇形展开,向着城边疾驰而来。于是史格便令人放箭,江氏水军中有用盾牌挡的,也有中箭受伤的,然而船速不减,直接来到城下。原来饶州周围水路纵横,护城河便与好几条水路相连,于是便有大船不知道从哪里冒出来似的出现在饶州城周围。史格只顾看着城门前的水域,待发现的时候,却见水域的三面已经被包围了,只有靠山的那一面尚没有动静。

待部下报告的时候,史格反应过来,若是再等待一时,宋军上岸,从两翼包抄到后方,岂不是腹背受敌?于是史格下令弃城撤退。义军的包围圈恰恰像是一个口袋,史格便从那口袋没有合拢的地方撤离了。江万载、张世杰二人收复饶州城,心中悲喜交加。

水军将士受此胜利精神大振,便以为蒙古人不过是纸老虎,竟然有醉酒当歌者。江万载以为这是江湖人的性情,并不以为意。

六、似道被贬

1. 临安召

宫中最近流行的谈资是非常振奋人心的。

在文天祥、张世杰等人的着力宣传以及蒙古人暗中推波助澜之下,江万里、江万载等人的事迹终于在大宋民间和朝廷都传播开,举国震惊,民间和军中很多人都大受鼓舞。陈宜中一派此次未能封锁消息,只得眼睁睁地看着江氏的事迹被人传诵。后来,事情愈演愈烈,连皇宫内院的人们也受到了饶州之战的鼓舞,直把江氏的水军当作救世的神兵。

当年度宗赵禥在八月里薨逝,只有三岁的赵㬎即位。因度宗的全皇后不善于政务,朝中大臣便推举理宗赵昀的皇后、度宗时期的皇太后、现在的太皇太后谢道清统摄政事。

一名意气风发的官员,手持笏板,小步急匆匆地往前走着。这名官员正是陈宜中,他面带喜色,一边走着,一边在口中默默念叨,腹稿不知道打了多少遍。

进殿,行礼毕,他便以一种兴奋的语调开始说话:"臣前来向太皇太后汇报饶州战事!"

六、似道被贬

谢道清刚执政没多久,便传来饶州之战的胜利和三古家族毁家纾难的事迹。她相信这是一个好的征兆。听见陈宜中来汇报此事,不由得精神振奋起来,道:"哀家早前听闻捷报,已是欣喜,却不知道详情。你来跟我说说,正好,也看看朝廷该给这些民间义士一个什么嘉奖才好。"

陈宜中以平稳且略带兴奋的语调说:"江氏家族本来就是望族,数代耕读传家,出了很多读书人,也有为官者如先丞相江万里大人。"说着,陈宜中往虚空中拱了拱手,以表示对前辈的尊敬,"江大人在位之时,就是贤明的长者、清流的领袖;致仕之后适逢蒙古大军压境,边境危急,江丞相便以家族之力并说通当地官员,招募水军以保大宋江山,这就是那民间义军的由来。"

太皇太后道:"你说的这些,我都知道。那文天祥正是江万里的学生,在潭州经营,给江万里提供了不少便利。"

"二者互为支援,这才有了那民间义军的壮大,也才有了后面的胜利。听闻在此之前江丞相已经在饶州芝山凿水池,以'止水'为名,正为明志。后来饶州有难,蒙古兵入侵,江丞相率三古家族举家以身殉国,生死都要做大宋的子民啊!江氏家族原本乃枝繁叶茂的百年大族,这一次全族殉难,其家族的忠贞之心,由此可见啊!江丞相殉国之后,其弟江万载于悲愤中发力,全军缟素,将士上下一心,击退了侵占饶州的蒙古兵!现在江万载率领残余的江氏子弟与义军,正驻扎在饶州城。"

太皇太后听了陈宜中的一番话后,非常感动。

近两年来,陈宜中渐渐掌握了实权,特别是任参知政事以后,朝中大事也逐渐倚重他来决策,太皇太后也很看重他的意见。

陈宜中于是就问太皇太后,对江氏家族有何奖励。

太皇太后说:"大宋有这样的子民,哀家真是非常感动。他们如此有报国之心,朝廷怎么能不予以嘉奖呢?"转而对身边长吏下诏,"拟诏,江万载文武双全,忠义彪炳,实是大宋的栋梁,即日起便任礼部尚书并殿前都指挥使的职位。"

陈宜中深思熟虑地说:"虽有张世杰的增援,然而江氏此番最值得嘉奖。我听说他的义军里很多幸存的家人子弟,不如加封其家族子弟以武将官职,表明朝廷支持招募义军并且维护江氏的兵权,以鼓励他们奋进。如何?"

太皇太后闻讯大喜,当即下了诏令,道:"眼下,蒙古大军正向临安推进。既然有这么一支生力军,不如就命他们入卫临安吧。"

这一日,谢道清对江氏家族连下三道诏令,这三道诏令使得三古家族的事迹名扬天下。

众人都说太皇太后如此重视这义军,看来是有坚定的决心来抵抗蒙古啊。

然而远在饶州的江万载却没有那么乐观。走在江堤上,望着水上陈列的战船,他对身边穿着白衣的江钰说:"朝廷诏令下来,任命我为殿前都指挥使,令我心中亦喜亦忧。"

"父亲与伯父经营义军,是为了御敌报国,这一次得到朝廷的嘉奖,咱们的水军正好名正言顺了,您又有何担忧呢?"

"义军投入临安,从此便不能自由调配。朝廷把义军当作抵御北边的屏障,而我担心义军从此成了朝廷的缓冲带,未来的替罪羊。"

"不至于此吧!"江钰惊讶道。

"你看饶州,这是咱们刚刚收复的城池。可朝廷并不珍惜这城池,朝廷珍惜的是临安城。可没有天下,哪有临安的繁华呢?"

六、似道被贬

"父亲不是曾经教导我,先有国后有家吗?在孩儿看来,若是固守饶州一地,就无法驱除蒙古人了。"

"钰儿说得很有道理,我也是希望咱们大宋能够节节胜利,早日收复河山。我已下令整顿军务,不日便要起程往临安,这次你就不要跟着我了。"

"为何?"江钰急道。

江万载摆摆手道:"我将带走的是饶州的水军,这是你伯父最早操练的一支队伍。后来陆续招纳的士兵,尚未操练成型,所以没能投入战斗。我命你与吴纶带领精锐百人,往潭州文天祥那里去,协助他操练后来招纳的那一支义军。"

江钰顿时觉得热血沸腾起来,肩膀上也有了巨大的责任,道:"钰儿定不辱命!"

然而江万载入卫临安、张世杰回兵赣州后,饶州便成了空城,蒙古不过派了一小支军队,就将饶州又占领了。文天祥、张世杰等人因为各自有守城的责任,并不能轻易出兵救援,以防失了潭州、赣州。

文天祥见江钰、吴纶前来,喜不自禁,对江钰说:"义军正是用人之时,你来我这里,真是令咱们义军如虎添翼啊!"

2. 淮右失

度宗很快被人遗忘了。自那年九月起,宋元两国的战争像是铆足了劲儿似的一场接着一场,蒙古人屡战屡进,宋人且战且退,眼看着战火一步步地深入大宋领地。宫廷里的白幡虽然没有撤掉,但是宫女们谈论和害怕的不再是度宗的鬼魂半夜回来缠住了谁,而是元军又打到了谁的家乡。国祸已至,连深宫里的宫女都忧

第九卷　崖山绝唱

心起来。目睹了元军的屠杀恶行,长江沿线的不少大家族、富户往南边迁了又迁。特别是自饶州失而复得、得而复失之后,人心动荡得更加厉害。长江下游,唯有扬州、临安两城的人们稍存侥幸之心,前者是因为扬州四面环水,易守难攻,而且守将李庭芝有些本事,将扬州城守卫得妥妥的,后者是因为身处都城,哪里也不如天子脚下安全吧!

咸淳十年(1274)十二月,群臣上书要求贾似道出师,总督诸路兵马。于是,贾似道设都督府于临安,以孙虎臣总统军事,黄万石参赞军事,发国库金银为都督府所用。

在人心惶惶中,新的一年到来了。新春的到来并没有扫除宋廷的晦气,因元军的脚步并不因为过年而暂时停止。在吕文焕等人的说降下,黄州、蕲州、江州、安庆等地皆望风而降。一是因为鄂州既失,人心惶惶;二是沿江州郡的大部分守将皆为吕文德、吕文焕两兄弟的部下,见吕文焕来说降,心中动摇。于是,元军乃下江淮,进逼临安。

正月,贾似道终于调集各路精兵共计十三万人,其中光是装载金帛、辎重的船只就望不到头。蕲州降元的消息传来,贾似道大惊,乃以亲信韩震为殿帅,总领禁军,出兵安吉州,自己率大军由新安江进入芜湖地界,遣人往江州命令吕师夔与元军议和,却不知吕师夔已经投降了。贾似道等不到回复,又下新的命令,一方面以汪立信为江淮讨招使,就建康府库募兵,另一方面又将以往俘虏的元军士兵送还,一起送去的还有荔枝、黄柑等新鲜水果,以此作为议和的试探。

见了来使,伯颜毫不掩饰地讥讽道:"贾相此次可是真为求和而来? 可有宋廷官文? 万勿重蹈覆辙!"

六、似道被贬

此言乃是讥讽贾似道前年曾以求和为缓兵借口，签了求和协议，然后翻脸不认账，既不纳贡也不割地。后来蒙古人了解到，贾似道求和竟然是背着宋廷进行的。蒙古人得此结果，皆瞠目结舌，议和之后已然退兵还地，因此吃了个哑巴亏。宋廷咬死不认账，蒙古人谁也不知道这是贾似道的胆大妄为还是宋廷指使贾似道的赖账之举。

因此伯颜此话一出，使者只好默然不作声。

阿术则对伯颜道："宋人向来不守信义，无论如何我们都得出击。如果这时候避而不战，那么我们之前数月招降的那些州郡，恐怕也难以守住了。"

伯颜深以为然，于是书信一封给贾似道，信中称："要说元军尚未渡江，议和入贡尚且有可能；现在沿江诸郡都已经降元，这时候提出议和，还有多少诚意呢？若是诚心想要议和，请亲自前来！"贾似道收到这封书信，犹豫了好几日，而元军已经马不停蹄地遣军攻池州而去，池州知州王起宗逃走，都统张林则打开了城门。

至此，最后一丝议和的希望也没有了。贾似道见池州已经投降，便把精锐骑兵万人都拨给了孙虎臣。当时，宋军的兵力被分为三支，一是孙虎臣所率主力，驻扎在池州下游的丁家洲；二是庐州夏贵所率战船共计两千五百余艘，横亘于大江中；三是贾似道自领后军，驻扎于芜湖西南、长江南岸的鲁港。

伯颜遣人探得宋军的驻扎之地，大笑着对阿术说："宋军人数虽多，却无良将，吾当以计谋胜之！"

伯颜乃命人造大木筏，上面覆盖了许多茅草等易燃之物，又命塔出监督造工，却不必保密。孙虎臣得知元军建造茅草筏子，心中暗暗警惕，于是下令宋军日夜严防。宋军的探子日日回报，得知元

第九卷 崖山绝唱

军的茅草筏子越来越多,却探不到关于火攻的其他消息,只得更加严密地防备着。如此过了数日,孙虎臣仍然不敢放松,宋军中皆谣传元军某日或将火攻,人人睡不安稳。

正月二十一日寅时,伯颜登船,见西风刮起,自语道:"是时候了!"于是元军诸将得令,从陆地、水面向宋军冲击;又命江中大船架起巨炮,向宋军发射,宋军战船被击中而损坏的不在少数。宋军连日以来身心疲惫且准备不及,被冲击得七零八落。宋军战船有的很快下沉,船上的水军纷纷跳入水里,有的被沉船的旋涡卷入水底,再漂上来的时候,已经是浮尸。

江面上,一片尖叫与哀号声。

孙虎臣之妾室随在军中,见双方水军混战,而元军近在咫尺,惊惧不已,哭喊着叫道:"孙郎!孙郎!"孙虎臣于是露出破绽,急往其妾所乘船只而去。元将也不追击,大喊:"孙郎逃走!孙郎逃走!"夏贵见形势不对,情况难以控制,于是亦向下游而走。贾似道遣人来问夏贵战况,夏贵只说:"敌众我寡,支持不住了!"说罢,急急而去。贾似道闻言,错愕不已。阿术见宋军已经没了章法,于是乘胜追击,只见大江之上,到处是宋军战船的残骸以及士兵的尸体。江水泛红,带着浓重的血腥味,元军疯狂地杀戮着,宋军亡者,不计其数;元军所获的军备器械,亦不计其数。

贾似道、夏贵、孙虎臣三人先后逃至金沙,贾似道大哭道:"我军士兵,都不拼命!这可怎么办啊?"哭罢抬头望着夏贵。夏贵道:"我军经此一战,已经吓破了胆子,哪里还能战斗!只有扬州李庭芝可以收编溃兵,而我,必死守淮右!"

当夜,夏贵驾舟离去。

贾似道、孙虎臣二人果然往扬州去,并于二十四日上书请求宋廷迁都。

3. 太皇太后之心

不多久,宋廷便收到了家洲大败,贾似道与孙虎臣逃至扬州的消息。这些军情传到临安,太皇太后谢氏又惊又怒。

自从两方开战以来,太皇太后便觉得日子难过起来。她自问也是经过一些大风大浪的,中年丧夫、扶持小皇帝即位、观朝听政也没有击垮她,而蒙古铁蹄的日渐迫近却让她寝食难安。

"太皇太后,陈丞相来了。"先前,陈宜中已经在朝中颇有说话的分量,自贾似道兵败丁家洲之后,朝廷之上便以陈宜中最为出色,因此太皇太后这时候召陈宜中前来商讨军事。

进来的宫女娴熟地行礼,然后递上一本文书。

太皇太后放下手中的笔,另有侍立的大宫女采玉将文书接过来。太皇太后打开文书一看,不由得脸色大变,猛地站起身来,一屋子的太监宫女齐齐下跪。太皇太后稳稳心神,缓缓道:"陈丞相现在何处?"

太皇太后威严地坐在上位,陈宜中恭敬行礼后太皇太后直接问道:"丞相可尽知前方战况?"

陈宜中忧心道:"我军胜绩甚少,元军本来野蛮,我军向来以计谋取胜,可是这次真是领兵之人不堪用!"

太皇太后不解地问:"竟然没有一点儿胜绩?不是一直说蒙古人不习水战,军情对咱们有利吗?"

陈宜中皱眉道:"太皇太后有所不知,若是蒙古军不习水战,怎能沿江一路攻下来呢!自从四川失、刘整降,蒙古人俘虏了不少能工巧匠,他们也会造船,也会划船,也会水战了……"

第九卷　崖山绝唱

太皇太后以手抚额,有点疲倦地问道:"丞相,难道那元军厉害,我军就无对策了吗?不如说说得失教训并提出良策。"

陈宜中思索了一下,缓缓道:"此次丁家洲一战,非兵不利,乃是战不善!我们大宋的军队,并非没有赢过蒙古军的先例,不说数十年前的岳少保、韩少保,就说当前的文天祥、张世杰,也在潭州等地阻止了蒙古人的进攻啊,更何况这次出的都是精锐!以下官看来,实在是领兵不力之故!"

太皇太后觉得陈宜中说得非常委婉,但是已经明白了他的意思:是那不靠谱的老国舅贾似道延误了战机,于是她示意身边大宫女采玉将之前的文书拿给陈宜中看。

那文书最上面一本是贾似道的迁都奏本,余下则是群臣的一些上表,要求诛杀贾似道,以正国本。

陈宜中看完,思绪万千,面上不动声色,语气诚恳地道:"太皇太后,国本不能动摇啊!"

闻言,太皇太后思忖着,手指甲无意识地在衣襟上划着,道:"明日朝会可议此事!只是当下军情仍然紧急,丞相有何调度安排呢?"

陈宜中皱眉,道:"情况紧急,下官这时候也没有什么好主意,待与诸位同僚及将军商议后方可出计策。"

太皇太后闻言道:"明日共议此事吧。"起身往后室而去,一边走,一边低声对搀扶着她的大宫女采玉道,"采玉,你是不是奇怪,陈宜中明明是推诿不出计议,哀家为何不当面拆穿?"

采玉柔声道:"您心里自然是有打算的。"

"打算?拆穿他又有何用?眼下大宋风雨飘摇,谁能阻蒙古、保大宋,谁就是大宋的英雄!可哀家接手朝政不过数月,哪里分得

六、似道被贬

清忠奸？何尝不想朝政清明呢？但眼下外患危及国本,用人哪里还有选择！不过是谁能保大宋,便用谁罢了,怎么能不低声下气……"采玉默不作声地将太皇太后扶回后宫。

二人返至太皇太后常居的宫室,只见窗户边的罗汉床上,两个衣着精致的小童正在嬉戏,旁边大宫女正用手拦着,防止他们掉下床。见太皇太后进来,一个小童便咧开嘴巴,奶声奶气地叫了一声:"祖母——"

太皇太后微笑着坐到榻上,冲小童招了招手,那两个男童大的不过五六岁,小的才三岁的样子,见状,一前一后"噔噔噔"地跑着扑了过来。

这两个小童乃是度宗的第一子、第二子,度宗驾崩以后,他们便被太皇太后抱到自己的宫室来抚养。

这时候,有小宫人禀告说,都知王德求见。

当时,宋朝的太监各掌其事且各有品阶,不仅负责宫廷的日常运作,更可以被授予权力,如在军队任职的就被称为"军器太监"。其中品阶最高者可达从五品,即"都知"。

这位王德都知,总管宫廷日常并有随意行走宫廷的权力,常替皇帝、太皇太后办一些私事,虽不是朝廷要员,但是当官者谁也不敢忽略他。

一个高大的身影急趋而入,跪拜行礼。太皇太后缓缓道:"王德,你来得正是时候,哀家正好有个事情,非得你去办不可……"

王德诚惶诚恐地道:"太皇太后请吩咐。"

采玉轻声道:"大家都退下吧！"于是众宫女与小太监都悄无声息地快步退了出去,宫室里只剩下了太皇太后、王德、采玉以及两个孩童。

第九卷 崖山绝唱

太皇太后目视王德,道:"国事愈加艰难,哀家虽然是一个妇道人家,但是也知道国之忧患将至。朝中众臣议论的多,出力的少,哀家不愿意坐等灾难降临。为防万一,哀家要使一个'明修栈道、暗度陈仓'的法子。"

王德听到这里,心中隐约有了猜测,不敢抬头。采玉闻言,亦跪到太皇太后的面前。

"这是以防万一的法子,我将暗中拨兵马给你,若有大厦将倾那一日,这两个小童还请王德和采玉照顾。另外,我有手谕,要你传给文天祥、张世杰、江万载。这三人近年打过胜仗且最忠心。请你联络他们,集结力量,暗中筹备此事,不可泄露消息。"

王德心中悲怆不已,沉声道:"王德肝脑涂地,也要护住幼主!"

第二日朝会,太皇太后将丁家洲战事公开并问计于群臣,众人议论纷纷,皆震惊于丁家洲战败之速,又恐元军压境临安。

有人道:"贾似道先时对长江战况议论不止,此时自己出战,还不如江防守将,定然没有出全力!"

有人附和道:"正是如此,吕文焕投降之前,还守了六年襄阳,情有可原。贾似道当时大放厥词,现在却一触即溃,还不如吕文焕呢!"

有人道:"还没开战,就想法子议和,根本没有斗志,哪里能打胜仗!"

有人斥责道:"主将居于后军,分明就是想逃遁!"

有人激愤不已道:"以国事为儿戏,必得诛之!"

朝堂上议论纷纷,众人你一言我一语,太皇太后疲惫不已,望着群臣,心中苦闷:难道没有一人可以解临安现在的困局吗?

这时候,陆秀夫执笏出列行礼,朗声道:"此次我军大败,军士

六、似道被贬

死伤逃亡不计其数,天下议论纷纷,请太皇太后下旨诛杀贾似道,以谢天下!"

太皇太后道:"贾似道乃是老臣,怎可轻易取他性命?"

陆秀夫道:"那丁家洲中不计其数的大宋士兵,又岂能白白牺牲?"

太皇太后又问陈宜中的意见。

陈宜中道:"不杀,不足以平民愤!"

太皇太后向众臣问道:"临安危矣,众位贤臣,若有计策,请不要藏私!"

陆秀夫道:"宋廷乃是大宋的朝廷,此时危急,可向天下各处发出勤王的诏书并赋予将领募兵之权。如此,大宋上下,从将军、士兵到百姓,便可拧成一股,抗击元军。"

太皇太后终于在一片混沌中看到了希望,大喜道:"甚好!甚好!陆大人所说乃是良策!"于是便下了勤王诏书。

对于贾似道,太皇太后始终有妇人之仁,想了许多往事,最终下旨将他流放到广东。然而贾似道结仇太多,其中就包括押送官郑虎臣,贾似道一路被折磨,求生不得求死亦不能,最后只得自杀。此是后话。

七、临安降元

1. 绸缪

赣州东门,城门开着,时有行人往来。城门两侧各立着几个士兵,对往来的行人询问盘查。他们表情严肃,对入城的陌生面孔盘问得尤其严格。

几骑人马从东方往西而来,渐渐逼近城门。

为首一人见城门渐渐近了,"吁"的一声止住了马。随从跟上,对为首的人道:"上官,前方便是赣州城了。"

为首的人颔首道:"此地已近前线,而百姓日常生活尚且不受影响,我们一路行来,只有这里还有些秩序,真是不容易!"

随从道:"赣州知州文天祥,咱们这次的诏书,便是要送到他那里。"

为首的人肃然道:"某自然知道,也颇闻宋瑞的名声,愿得一见!"

于是一行人按着辔头,缓缓行至城门。前头一人从怀中取出一物,朗声道:"天子之诏在此!"

守门士兵见状,急忙下跪,连带着周围的百姓也跪下了。

七、临安降元

一行人穿过城门后,士兵和百姓才起来,当中一个瘦弱的书生打扮的人喃喃道:"天子之诏?我没有听错吧?"

旁边有人回答道:"没错,咱听得清清楚楚,确实是天子之诏啊!"

书生打扮的人突然癫狂起来,大叫:"好!好!我王应梅当有所作为啊!"

这边路人议论纷纷,那边一行人已将诏书送达文天祥处。

文天祥行跪拜大礼,捧诏大哭,道:"终于有这一天了!我文天祥必当毁家纾难、死而后已!"

众人见文天祥如此情状,无不在心中暗自感慨。

为首的人拱手行礼道:"素闻宋瑞先生一腔忠义,日月可鉴,今日一见,果然如此!王德心中甚是感佩。"

文天祥赶紧还礼道:"都知何出此言,身为人臣,应当不辞辛苦。王都知随侍太皇太后,纵观全局,比起咱地方官员,定然有不凡的见识,但凭赐教!"

王德笑道:"宋瑞先生真乃闻弦歌而知雅意,如此,某确实有事讨教。"

文天祥听王德说出"讨教"二字,心中谨慎起来,便屏退左右。

王德叹道:"此乃太皇太后的旨意,可是也是不得已的法子,只盼着没有这一天才好!"于是说出一番话,文天祥听了面色变得凝重起来。

王德之语令文天祥深为焦虑。

此时欧阳氏及其儿女全部在潭州,文天祥知晓太皇太后"明修栈道,暗度陈仓"的决定后,思虑了好几日,最后下定了决心。

第九卷　崖山绝唱

他对欧阳氏说："战祸将近，我打算遣散家奴、卖掉家中产业，将所得银两作为军费所用，夫人觉得如何？"

欧阳氏本性贤惠，闻言，恭敬地对文天祥说道："夫君既然得此机会大展宏图，妾身愿意守在夫君左右，不离不弃，为夫君教育子女，不令子女成为你的拖累。"

文天祥大为感动，道："你竟然有如此见识，真不愧是我文天祥的夫人啊。"

欧阳氏道："妾身作为你的至亲之人，怎么会不了解你的思虑呢？尽管去做你的大事吧，家里就交给我，不要担心。"

文天祥深情地注视着自己的夫人，仿佛感受了他与欧阳氏年少时第一次见面的心情。夫妻二人一番恳切交谈，更觉交心。

李璇儿见文天祥做出毁家纾难之举，颇为震惊，心中隐约预感到大事要发生了。

于是，李璇儿便向欧阳氏进言："适逢乱世，为了安全考虑，夫人可改名换姓，隐居乡下以避开战祸。"

文天祥一听，亦道："璇儿说得似乎有些道理，你……"

欧阳氏正气凛然道："虽然时值乱世，但妾身就该害怕吗？"

李璇儿默然。

此时已是德祐元年(1275)。

文天祥以家财为资，招募士兵万余人。文天祥夜读兵书，白天则亲自操练，但凡有投靠的能人，必然礼贤下士与之交心。

这一日，文天祥正在吃午饭，家仆来报，门外有一人，号称携带了万贯家财，要投他的义军。

仆人话毕，尚未起身，文天祥就站起来道："来人在何处？"

七、临安降元

"在正厅。"

话音未落,文天祥已经走了出去。

正厅中一个瘦弱的读书人正在观赏《猛虎下山图》。

文天祥拱手道:"敢问先生何来?"

那读书人立刻还礼,定了定神,道:"学生王应梅,是江西府安福舟湖人。听闻文大人正组建义军以抗击元军,学生深受鼓舞。学生文弱书生一个,身短力弱,正不知如何报国,忽闻文大人事迹,愿意效仿。此番以万贯家财捐献给义军,希望能够帮助文大人击退蒙古军队,护卫我大宋江山!"

文天祥闻言大悦,道:"若大宋子民个个都似王先生,何愁护卫不了大宋江山!请王先生不要推辞,就留下来做我的幕僚吧。"

王应梅欣喜不已,道:"愿意为文大人、为大宋尽一点力。"

文天祥赞道:"真是我的知己啊!"于是就令王应梅与他一起处理招募义军的事宜。

2. 建康疫

话分两头,另一边,这年三月,伯颜的元军进入建康城后,势如破竹的攻势停滞了。原来,三月份正值桃花汛时节,建康百姓多有沐浴饮用者,乃是此地旧风俗。这一年因为战斗格外激烈的缘故,上游的水被污染,已经不适合饮用了。当地百姓不知,仍以旧风俗作为祈祷的仪式。但是这一年的仪式,给建康城的百姓以及进入建康的元军带来了灾难。

因为,水不洁净,疫病便起,城中之人多有拉肚子的,甚至有因此而亡的。

阿术向伯颜汇报了此事之后,亦是焦急不已,道:"最担心的是断粮,若是断粮,恐怕有民乱;若是民乱起来,与宋军里应外合,这仗我们就白打了!"

阿里海牙当时在侧,便建议道:"咱们的士兵中也有很多人染上了疫病,而且天气渐渐热起来,不如暂缓进军,就在这里休整。"

伯颜道:"百姓缺少食物,我们可以开官府的粮仓赈之。至于暂缓兴兵的建议,并不妥当!"

阿术道:"咱们的士兵战斗力有所下降,若是强行行军,不知胜败如何啊!"

伯颜道:"我们这一路虽行军顺利,但其实是孤军深入。若是不能一鼓作气将临安打下来,一旦回退,便前功尽弃了!至于大家居于此地水土不服,转移到其他地方即可。"

于是元军又整军准备转移。

宋廷听闻元军受时疫所阻,大喜,皆以为天意。丞相陈宜中在朝堂上说道:"蒙古人侵入我建康城而遇时疫,可见他们的行为不得上天的庇佑!此天意暗示也,不如乘机游说叛将,并免除他们的罪过,令他们就此劝说元军息兵,也算是戴罪立功了。"

太皇太后认为陈宜中说得很有道理,便下诏诏谕叛将吕文焕、陈奕、范文虎,请他们从中斡旋,让元军息兵。吕文焕众人径自将诏书奉于伯颜案前,于是息兵之事便没有结果,宋廷反而被元耻笑不已。伯颜见奉上的诏书,大笑不止道:"这宋廷,竟然把国家大事当作小儿游戏吗?"

陈宜中得知此事,便在朝堂上进言:"由此看来,宋元议和是绝不可能了。从此大宋朝廷必须上下一心,抗击元军!"

太皇太后因此大怒,下诏诏谕吕文焕未果后,便下令抄没吕家的家产作为惩罚。

七、临安降元

伯颜开仓放粮之后,建康城中饥荒的情况有所缓解。阿术等人心中佩服不已,暗自赞叹:"果然是大元帅!"于是众人更为信服伯颜。

伯颜见建康城中的紧张局势有所缓解,便召集帐下众将商量下一步的行军对策,道:"数月以来,我们连续攻克长江防线的诸城池并顺利南下。然而众位以为我们大势已定了吗?其实不然。我夜里不敢高枕,皆因为怕宋军偷袭!"

阿里海牙问道:"我们连下诸城,难道不顺利吗?"

伯颜道:"我军一路乘胜而下,其实是仗着我军作战勇猛。我军直入江南,南侧有赣州、信州、衢州、常州、无锡等作为防卫,若有宋军北上偷袭这几个城池,则长江诸城危险,我们也就没有后路,成为真正的孤军了。"

诸将闻言色变,只有阿术微微一笑。

伯颜继续道:"然而这些地方的宋军并不敢轻易北上。何也?一来,宋人向来谨守法度,没有宋廷的命令,他们是不会轻易调兵的;二来,宋廷也并不敢调用其他地区的军队,因为怕江南空虚,丢失更多国土。"

有部将闻言道:"宋廷就是胆小,此时还不调兵,恐怕临安不保了。"

伯颜道:"吾所忧心的,只有扬州一地。扬州李庭芝乃是出名的老将,元军数次侵扰,都没有占到便宜。若是有一日扬州之兵断我后路,我军必然要吃大亏。此次南下取临安,扬州不可绕过。"

当时左丞相合答因忧心疫情而在建康城中视察,听闻伯颜长篇大论,乃出列道:"合答自请出兵北上,为我大军扼住扬州。"

伯颜看他一眼,却道:"合答乃左丞相,正是我大军的智囊与中枢,怎么可以亲自到前线?阿术有将才,连番作战亦深得我心,可以替我牵制扬州。"

于是,阿术便分兵向扬州而去,当时是三月。

3. 扬州英烈

李庭芝听说阿术领兵前来,不敢怠慢,与部将姜才、朱焕商议守备事宜。当时扬州城两面临水,东门更是面对着运河,城门都设有重防。

李庭芝对部将们说:"李某经营扬州城已经数年,军防事务,从来不敢有所懈怠。现在蒙古大军压境,要攻打扬州城,诸位请说,如何防守为上?"

姜才道:"可令士兵日夜轮班,一旦有敌情便来汇报,只坚守不出便可。"

朱焕却说:"元军攻打扬州,恐怕目标不在扬州而在临安啊。"

李庭芝凝神道:"请详细说一说!"

朱焕道:"元军此次南下攻我大宋,兵力甚多,大有不破不回的架势。现在元军停在建康,定然是畏惧我们断其后路,所以分兵出来,以其主力牵制我军。这样的话,咱们与其防守,不如主动出击,断其后路。元军定然不战而退,临安之危亦可解除。"

姜才立刻反驳道:"李将军受命守卫扬州城,就应该坚守。扬州城本来是北边的门户,若是扬州城有失,那临安以北就毫无屏障了。而且我们经营城防多年,扬州的士兵更擅长守城而非进攻!"

朱焕急道:"元军已经到了建康,若真是入平江,或者南下常州,又当如何呢?扬州便为孤城!"

李庭芝道:"稳妥起见,应该以防守为主。元军来攻打扬州,便

七、临安降元

是顾虑我断其后路。然而朱焕将军说得亦有道理,若是建康城中的元军有南下的趋势,咱们再倾全城之兵断其后路!"

朱焕心中暗想,若真是到那个时候,哪里还腾得出手来断人的后路!

正思虑间,李庭芝已传下军令,于是部将应诺而去。

城防既布,阿术果然久攻不下。

李庭芝心中宽慰,对部将说:"扬州的防卫果然坚固,全赖诸位平日的练兵啊,李某谢过诸位了!"

也难怪李庭芝心中宽慰,这一个月之内,阿术想尽了各种法子攻城,但是毫无进展。

这边李庭芝宽慰之余,那边阿术却急躁起来。一日,阿术想到攻扬州之事很是不顺利,心中烦闷,便召集诸部将,看谁能想出破了扬州城的好法子。诸将听令而来,阿术便说:"自元军南下以来,所攻诸城,从来没有像扬州城这么耗时间的,如此下去恐怕对士气不利。诸位可有好法子,让咱们破了扬州城。"

众皆不言,阿术心中暗道:"也难怪他们都说不出什么,连番作战,什么法子都用过了,还是攻不下扬州城啊!"想着,更加烦闷了。

这时候,塔出站了出来。塔出原是伯颜帐下的一员猛将,因伯颜担心阿术一个人势弱,便把塔出借给他用,但是在塔出眼中,只奉伯颜一人为主将。当下塔出便说:"破城的法子,塔出怎么也想不出,不过塔出知道,元帅的命令只要听从就是,元帅要俺向北,俺就不往南走!"

阿术看着塔出认真的样子,便道:"塔出将军北上,是执行元帅的哪一个军令呢?"

塔出道:"分军北上,牵制扬州。"

第九卷 崖山绝唱

这话一出,犹如清风拂月那般令阿术心情舒展起来。阿术心里对自己说:"阿术啊阿术,你立志要成为大元帅那样的人物,没想到小小的扬州城、一时的胜败,竟然迷住了你的眼睛,你连塔出都不如了。"

原来,塔出这话一出,阿术立刻发觉自己可能忽略的一件事。伯颜所说的牵制扬州,其实就是将扬州困住,而自己只想着攻城,差点误了大局。想到这里,阿术挥手令诸人回去。

双方僵持不下,很快进入了五月。此时,元军北方又出后患,蒙古以北的海都,见元军将领大多南下,以为后方空虚,便起兵反元,试图自立。忽必烈于是连连下诏,令伯颜返回大都,以应付海都之乱,军中事务,暂由阿拉罕代替。阿术见后方有变,便改了策略,不再出兵挑衅,而是将扬州城团团围住,以防止长江诸城再起,互为支援。

蒙古内乱的消息很快传到了赣州、鄂州等地。文天祥得到这个消息之后,在书房里面走了好几圈,表情严肃地自言自语道:"这真是收复失地的好机会啊!磨墨,我要写几封信!"

李璇儿见状,一边立刻铺排好纸笔,一边笑答:"先生所想正是!咱们大宋的军队吃了许多亏,让蒙古人深入腹地。现在扬州李庭芝将军名为困守,实际是扼住了北边的咽喉,江南的蒙古军一定会被宋军合围消灭的!"

文天祥闻言大悦道:"当年一见李庭芝,就知道他镇守扬州多年无失,定是有本事的。今日有此良机,全赖李庭芝居中调配。我将联系江万载、张世杰,分头出兵,收复这数月以来的失地。"

随后,文天祥军走江南而入平江,江万载义军趁机收复饶

七、临安降元

州,张世杰则连连收复其他失地,如攻克广德、平江、常州等地。当时李庭芝固守扬州城,张世杰沿江而下,两者遥相呼应。

时间很快进入了六月。眼见荆湘一带被江万载的义军掌控,文天祥、张世杰的军队又自西边来,阿术有些不安。他召集部将,说:"两个月之前,战局对我们尚且大大有利,而现在,宋军却从长江上游而下,将我们占领的地方都收复了回去!我们不能坐以待毙,否则成为孤军,就陷入绝境了!"

阿里海牙道:"确实如此,如果西南几处宋军会合,临安便不再惧怕我们,到那个时候,咱们就前功尽弃了!"

阿术道:"不错,所以我们这次又要分兵!"于是,阿术令阿里海牙及塔出等人率领一部分兵力仍然围困扬州,自己则算准了张世杰军队的行进路线,往瓜洲去了。瓜洲地处长江支流的入河口,乃是长江上重要的港口并且河汊众多。阿术选定了隐蔽的河汊,以逸待劳只等张世杰军队前来。

且说张世杰,自从五月以来,几乎战无不胜,心中便生出了骄娇之气。眼见要到镇江,便暗中遣人联系李庭芝,约好暗号,以便互为照应。

李庭芝与扬州都统姜才,本来被阿术所困,正逐渐焦躁起来;又担心临安之危,此时得到张世杰的书信,大喜过望。李庭芝激动道:"那年某与宋瑞曾有晤面,当时就觉得此人颇有谈吐。此时救国者,果然是他!"

姜才建议道:"扬州被围数月,士兵都憋着一股气。现在蒙古军北方有祸患,换将而不退兵,咱们仍然不能掉以轻心。不如趁此机会,断了蒙古北边的后路,或可趁此灭了……"

话未说完,就被李庭芝打断,道:"此言甚合吾意!那阿术既然分兵,扬州被围之势稍解,此时不出兵,更待何时呢!"

姜才便自请领兵突围,不想阿里海牙及塔出等人已经在城外设好埋伏,姜才突围失败,狼狈退回扬州城。李庭芝见状,更加坚守门户了。

七月,张世杰与阿术决战于焦山,阿术火攻,张世杰大败。朝廷众臣或归咎于陈宜中专权,或归咎于张世杰才疏。

文天祥见张世杰陷于朝廷倾轧,便联络陆秀夫,使之为张世杰伸张正义。太学生刘九皋等伏阶上书,列出陈宜中过失数十条。陈宜中知道后,弃官而去。

4. 平江斡旋

江南的八月,是一年之中最热烈的时节。夏花已经开到荼蘼,秋实即将收获。秀美的平江府,正是典型的江南城镇样貌:河汊纵横,河道中舟子往来不息,河边的石阶则通向某户人家的后门。经历了年初桃花汛带来的疫病,又忍耐了元军将近半年的侵扰后,平江府的人们终于听到了好消息。

文天祥率水军沿着水路直下,从西而来。当时阿术与张世杰战后收缩兵力于焦山以北,大部分兵力为扬州李庭芝所牵制。张世杰所部暂时驻扎于镇江。文天祥率水军长驱直入,途中与小股蒙古兵有摩擦,但并没有阻碍行程。

经过镇江,文天祥弃舟登岸,与张世杰会面。

文天祥遥遥望见张世杰,心中感慨,远远地便伸出手去,道:"张大人辛苦久矣,文某心里一直非常牵挂!"

张世杰一听这话,压抑了一个多月的委屈都泛滥了上来,道:"文大人,你来就好了!"

七、临安降元

随即,二人进入营帐。

张世杰道:"这几个月实在是打仗顺了手,轻敌了,才导致上个月的惨败。对不住死去的将士兄弟,真是惭愧得很。"说着又哽咽起来,"可是朝廷那帮人,居然只许胜利不许失败。这一次战败,前面的功劳都折了进去不说,还差点受到处罚。"

文天祥安慰道:"胜败乃兵家常事,你不要放在心上。这一战虽败,但是江南与江北的对峙之势已然形成。北有扬州牵制,南边镇江有你在,元军的南下之势总算是扼住了啊!朝中你也不必担忧,我已联系旧友,为你正名。无论如何,朝中如陆秀夫那样的清明之人,还是有的。"

张世杰闻言,心中好受了许多,便问道:"那文大人,接下来有什么打算呢?"

"我们一路追着元军的脚后跟往东边打,是因为在我心里,本来是打算把元军合围的。"

"现如今看来,合围是做不到了。"

"合围不成,尚可以扼守。所以我打算走江阴入平江,因为平江府是临安的最后一道大屏障了,且平江府面长江而背靠太湖,是利于水军发挥的好地方。"

张世杰沉默了一小会,道:"文大人的筹划很有道理!"

文天祥看着他没有说话。

张世杰硬着头皮道:"我打算仍然回江西去……"

"回去也好!我们是趁着蒙古人后方空虚才东进的,若是我们也空虚了后方,岂不是又给蒙古人可乘之机。"

"正如文大人所说,我正是担心咱们后方空虚!"

"我欲往平江,守住临安的门户。你若是回江西,也可调动各部,定要扼住水路,不要让元军从老路进攻了。"

张世杰闻言,深感责任重大,但是仍然干脆利索地答道:"张某一定竭尽全力,不给蒙古人从西边进攻的机会。"

"若如此,情势便能再缓一步。前次临安虽危,却化险为夷,皆因蒙古这一支军太过孤军深入。只要扬州不失,西路不破,江南之地尚可守护。先稳住江南,再巩固江防,未必不能绝地反击啊!请张将军一定守住西边,这很重要!"

张世杰闻言,觉得一股热流涌上心头。没想到文天祥仍能从绝境中发现希望,不由得再次兴奋起来,诚心诚意地说:"我打算重新整顿军队,稳固防卫,力争将湖南、江西一带连为一体,互相照应。"

文天祥道:"如此甚好,全都有劳张将军了!"

当年八月,文天祥率水军入平江。宋廷任命文天祥为都督府参赞官,总领三路兵,知平江府,与泰州刘师勇互为掎角,共同抗元。

文天祥身着官服,走在石板街上。

李璇儿问道:"从未见先生像此次入职平江府这样高兴,这是为何呢?"

文天祥道:"璇儿,你有所不知。我虽然在很多地方做过官,可是只有这一次,我觉得自己是最能够为朝廷出力的。"

平江府府衙内,文天祥和江钰、吴纶、王应梅、楚宁等人都在。

文天祥对诸人说道:"如今我们驻扎的平江府,可以说是临安的北面屏障,诸事都要妥当管理。其中水军操练事务,都交与江钰兄与吴纶先生,王先生协助我处理一些政务,而这府衙内外的安防

七、临安降元

便交给楚侠士了。"

江钰道:"我们收拢的义军,虽然比叔父操练的那一支人数上略少,但是豪情并不减。不过操练尚不成熟,不能称为生力军。"

吴纶道:"军中许多江湖人士,本性是不愿意受约束的。一腔热情来投了义军,时日久了自然按捺不住本性,这是难免的。操练时间久了,才能有军人的样子。"

文天祥道:"加紧操练起来,方能让世人看到我义军之威!"

王应梅说道:"现在情势不同,义军的地位也不同往日了。不如给义军定个响亮的名字可振奋人心!"他转向文天祥大声道,"请文大人为新义军定名吧。"

文天祥凝眉思忖了一会,道:"就叫作'武定军'吧,希望这一支军,能够以武力定天下!"

于是,文天祥便将所招新兵以及之前鄱阳湖水军的残部,重新编制,名曰"武定军"。

江钰与吴纶二人肃容领命。

文天祥又说:"蒙古军看起来势不可挡,实际是孤军深入。若是平江、镇江等各个城池共同发力,扬州能扼断蒙古军后退之路,那蒙古军的攻势便可以被遏制,情况可转好。"

楚宁道:"扬州城池虽然坚固,但是近来听闻有一支元军对扬州城围而不攻,恐怕扬州的兵力不足以扼断蒙古军北边的退路。"

王应梅道:"那有何妨?给元军留一条退路,正好让他们退回去,也可避免与元军背水一战。"

楚宁道:"此事要协同江南诸城池并得有朝廷明令才好。"

于是,文天祥便上书议论军事,然而朝中诸臣却说文天祥的想法太过于天真。

第九卷 崖山绝唱

九月,发生了一件事。在此之前,因排挤张世杰而备受压力、辞官而去的陈宜中,又回到了朝廷。陈宜中虽然多智,却优柔无决断。他是一个大大的孝子,辞官后由其母亲说服回朝,任右丞相。

潭州、泰州相继陷于蒙古人之手,消息传来,文天祥守城愈加坚固。

扬州李庭芝向文天祥求援,自言因蒙古大军层层压境,连一向固若金汤的扬州城防都吃紧,幕僚大多都逃走了,只有几个人没有离开。

文天祥闻讯自平江派遣尹玉、麻士龙、朱华三将率兵救援;而宋廷派遣的援将张全则不战而退。文天祥欲斩杀张全以行军令,帅府不允,计议使其戴罪立功,文天祥无奈作罢。

十一月,溧水、林东坝、护牙山相继失陷,伯颜认为久战于元军不利,便派人散布谣言,言宋祚已尽,扬州、平江军心动摇,军士有逃亡者。

王应梅请愿写抗元檄文,以鼓励军心,同时建议文天祥捉拿逃兵公开正法,杀一儆百。

宋廷大惧,招文天祥入卫临安。

文天祥与王应梅商议道:"蒙古军队虽然与我军互有胜负,但是这战场离大宋的都城太近。现在朝廷恐惧,要我军入卫临安。入卫临安,则平江又难守,实际上,平江可谓临安的屏障啊!先生觉得我们当如何是好?"

王应梅道:"离平江而入临安,实际上是又弃一城,实在被动。不如咱们主动出击,才可建功!"

文天祥深以为然,于是与众人计议:元军孤军深入,若坚守扬州,蜀广尚全,若反攻,万一得胜,以淮师截断元军之后,国事尚有

七、临安降元

可为。

文天祥之策刚刚提出,便受到陈宜中的强烈反对。

如今,陈宜中是朝中说话最有分量的人。眼见文天祥等主战一派越来越受到瞩目,陈宜中越来越担心。在他看来,江南人在战事上实在难以抵抗元军的攻击,战争只会加速大宋的灭亡。于是,陈宜中对太皇太后道:"纸上谈兵,真是冒险!万一蒙古军直接大军压境,强力之下,计谋又有何用!"

太皇太后犹豫不决,不愿意使冒险之计,于是文天祥之策又不被采纳。

战况往最坏的方向发展了。十一月末,伯颜至常州招降刘师勇遭拒,伯颜大怒。猛攻之下常州城破,伯颜下令屠城。

刘师勇以八骑走平江,其余诸将死节。刘师勇陈述战况,诸将皆叹惋,伯颜挟余威进逼平江府。为保住全城百姓,平江诸将开城投降。

第二日,伯颜便率领蒙古大军,志得意满地进入了平江府。

5. 入元议和

常州被屠城与平江开城投降的消息是一起传入临安的,这个消息的到来犹如油锅中进了水,在朝堂上引起了轩然大波。

谢道清面对朝堂上争论的群臣,迫切希望有个人能够给她出谋划策,来渡过眼前的难关。

于是她向群臣询问道:"诸位争论半日,谁能出一决策?"

当时的朝中重臣王爚、陈宜中、留梦炎等皆是主降派。

听闻谢道清此问,留梦炎便出列答道:"连续作战不利,乃是因为我们大宋军队的元帅太过于保守了!且看那蒙古的丞相,亲自

第九卷 崖山绝唱

出任元帅之职,因此蒙古军无一不敢不拼命。反观我大宋,生力军不少,却总是各自为战,这是因为我们的丞相调配不力,以至于延误战机。"

陈宜中面色铁青,冷冷地说:"各位大人都很擅长事后议论啊。既然留大人说得如此中肯,不如就请你督兵出击蒙古,力挽狂澜吧!"

留梦炎焦急愤恨地大声说:"战机已然延误,陈大人何出此言?出击蒙古,此为自取灭亡之路!为今之计,只有和谈而已!"

太皇太后皱眉焦急地说:"不要争吵,哀家在此问策,不是为了听你们争吵的!"

文天祥出列,大声道:"求和,最好的结果也不过是一时的和平,蒙古人的胃口已经被养得很大了。为今之计,只有一战方可彻底解开困局!"

太皇太后脸色稍解,还未说话,朝堂上传来数声"不可!"。

陈宜中道:"蒙古人善战不说,且性格暴怒。常州被屠城尚在眼前,怎能让大宋子民去冒险?"

文天祥昂然道:"皮之不存,毛将焉附?若是宋廷投降于蒙古,子子孙孙再也抬不起头来了。大宋子民的精气神也会从此被磨灭了!"

陈宜中道:"若是连性命都不保,何谈气节?"

文天祥道:"于元人手下求生,世世代代都要受到歧视。宁可玉碎,不为瓦全!"

陈宜中道:"大宋基业,唯有活命,方可以保存!难道定要断了大宋的香火,才可以称为有气节吗?我大宋命脉,几次坎坷,都保存了下来,此乃天佑!"

七、临安降元

　　文天祥拱手道:"陈大人认定了出兵必败,这是为何?我大宋对元军,难道没有胜绩?现在已经是危急存亡之时,宋人无不同仇敌忾,希望击退元军。这正是出击的时候,难道一定要元军压境,咱们再退吗?退又能退到何处?"

　　陈宜中认为降可保护百姓,文天祥认为战可保气节,更何况,于元人手下求生,无异于与虎谋皮,不如背水一战,或可光复。

　　二人你来我往地吵了起来,其余官员面面相觑,皆不敢多语。

　　吵了半天,计议仍不定。

　　陆秀夫出列行礼,缓缓道:"无论战与和,还请太皇太后决断!"

　　谢道清面露疲惫之色,实在难以做出决断,于是只好说:"命右丞相陈宜中总摄其事。"

　　陈宜中表情严肃地接受旨意,于是便遣书伯颜,愿让皇帝向元朝皇帝称侄孙以请降,伯颜不允。

　　大宋宫室。

　　太皇太后仍着礼服,坐在主位,厅中立着两人,正是文天祥和江万载。

　　文天祥和江万载脸上均是激动而严肃的表情,因为二人知道太皇太后这次秘密召见,实际上是为了敲定那个计策的细节。

　　太皇太后严肃而又略带疲惫地说道:"蒙古人大军压境,对江南已经是志在必得,而我宋廷的官员也以为投降、议和才是出路。哀家心中惶恐,实在是不愿意将大宋基业毁在自己手里,但是面对元军压境,又实在是无可奈何,所以才出了这个计策,宁可哀家受耻辱,也要绵延宋祚。"

　　文天祥恭敬地说:"太皇太后之心,可昭日月,历代先帝之灵冥冥之中必然体谅,后人也将了解太皇太后的苦心。"

江万载亦道:"必当听从太皇太后之令,肝脑涂地也要保全皇室血脉。"

太皇太后道:"昰儿、昺儿现在已由他们的母妃护着,往长公主驸马杨镇家中去了。哀家已拨出精锐的护卫,由王德带领,护在二王左右;宫女采玉便负责昰儿、昺儿的日常起居。以上事体二位尽知。现令江大人领殿前禁军,一旦出行,便摄行军中事,其余诸人皆由你调配。二王行至安全之地,便可昭示天下。到时候,便请文大人控制局面、安抚人心、恢复宋廷秩序。你们二人一文一武,为大宋留住青山,以图再起,这实是哀家的一片托孤之意!"

说罢,太皇太后起身,道:"哀家明日尽量拖延时间。驸马杨镇已经布下人马,江大人可与驸马联络,共同护送益王、卫王南行!"说罢,行了一礼。

文、江二人惶恐下跪,道:"死而后已。"

太皇太后道:"哀家是妇人,若有细节处不美,还请二位指出。"

江万载便道:"若是一孤军暗渡,恐怕难以持久。若是从长计议,还需要外围支持。"

太皇太后道:"大将张世杰,调兵甚有条理,哀家已遣送手书至他处,请他作为外围支援,皆听从江大人你的指挥。"

江万载再拜道:"太皇太后考虑周详!"

文天祥道:"不止武将,亦可以招揽文官,以壮声势。陆秀夫有忠心、重正统,亦是值得托付之人。"

太皇太后思考了一会儿,道:"哀家再下一道密令,若有万一,便可公开,以证二王身份,并作重建朝政所用。你们二人便宜行事即可。"

七、临安降元

文天祥道:"自古以来,中兴之主,不胜其数,微臣一定竭尽全力,保护宋祚绵延!"江万载亦立誓表明忠心。

大殿中,太皇太后抱着五岁的赵㬎,表情严肃、冷峻。

殿下的臣子相比于去年,在数量上减少了将近一半。

"丞相为何还没有消息?"谢道清问道。

王德已经离开,旁边的太监不知如何回答。

这时候,有小太监禀告道:"禀告太皇太后,陈宜中大人今日并未到来,遣人去陈大人府上查看时,府中已经无人了。陈大人似乎是逃走了。"

此话一出,殿中哀戚的情绪又浓重了几分。

谢道清令道:"任文天祥为右丞相。命右丞相文天祥、左丞相吴坚、礼部侍郎陆秀夫共往元军帐中,处理议和事宜,文天祥总摄其事。"说到这里,她的语气变得充满了感情,"文大人务必妥善行事。"

文天祥心中一凛,领会到了太皇太后话语中的未竟之意——明修栈道,暗度陈仓。江万载与杨亮节已然准备妥当,只等时机一到,便要悄悄逃遁、暗度陈仓了。自己前去议和,便是明修栈道。只有麻痹元军,江万载等人才有机会。

于是,文天祥再拜道:"定不辱使命!"

太皇太后心中略定,低头看了看怀中小儿,又环视宫殿,心中感慨:此一去若是不成功,就要国破了。

临行前,文天祥对江钰、王应梅、华训、李璇儿等人说:"我此去和谈,如果顺利,不日便返回。万一我被蒙古军扣留,也一定会设法全身而退的。"

第九卷 崖山绝唱

王应梅问道:"若有万一,文大人将随太皇太后北上至大都吗?"

文天祥道:"临安后续事宜尚需要人手。"

王应梅心中疑惑,还要再问,李璇儿已经答道:"先生一路小心,我们会密切关注和谈动静的!"

文天祥等人会合之后出城前往伯颜军营了,见伯颜军营中营帐整齐、士兵精神抖擞,感慨道:"果然是治军得法啊。"又想到以后少不了与元军接触,于是他便暗暗留意伯颜军中状况。

阿术眼神如炬,很快发现了文天祥的举动,但是他并不在意,反而心中甚是骄傲。

一行人先被安排在营帐中等候,营帐中有兵士听从差遣。文天祥便掀开营帐,往外看军营的情况,吴坚则老老实实地坐在营帐中,只求安稳地完成议和。

陆秀夫一路行来不卑不亢,见文天祥窥看蒙古军营,以为他心中失落,便出言道:"宋瑞先生向来有大抱负,然而事情到了这个地步,咱们能促成议和,使太皇太后与皇帝得以善终,也算为大宋尽最后一点力了。"

文天祥回过头来,目光炯炯地说:"我观察了这军中士兵,身形矫健的不在少数。不知他们使了什么样的操练法子?"

陆秀夫道:"北人喜食牛羊肉,因此身高力大。"陆秀夫这样说着,心中却疑惑,这个时候,文天祥不关心议和的细节,却去看伯颜的军容做什么?

文天祥又坐定,闲聊一样地问那帐内侍候的元兵,士兵每日几时开始操练,每日操练多久等等,又问伯颜如何御下。

那元兵开始还回答,后来就不再多说了。

七、临安降元

中军帐中,伯颜居于主位,文天祥、陆秀夫、吴坚三人居于客位。

伯颜道:"几位代表大宋前来议和,不知道准备了什么条件呢?"

文天祥道:"大宋物产丰饶,所出产的茶、丝、稻米,比北方所出产的要好。若是议和成功,我宋廷可将此作为岁贡。岁币亦将数倍于往年金国所得到的。"

蒙古诸将一听,皆面有喜色,有一个部将甚至问道:"这岁贡,到底数量如何,且说出来,不然可不够咱们分的呀!"

陆秀夫听见蒙古人公然索要,难堪不已,心中忧郁。

文天祥没有说话,不想轻易泄露自己的底牌。

吴坚见无人说话,左右各看一眼,道:"若是元帅赞同议和之法,数字多少,是可以商量的。"

伯颜笑道:"江南之地,于我蒙古来说,是唾手可得之物。若是某日,统一中原,区区岁币,我大元又怎会放在眼里呢?这个筹码,没有分量。"说着,摇摇头。

文天祥忍气吞声地问道:"既然如此,为达成议和,元帅有何建议呢?"

伯颜站起来,睥睨道:"若要议和,长江以南的产出,十之八九,须归于大元。此其一。"

吴坚为难道:"这,这,就算税收,也没有这么高的啊!"

伯颜没有理会吴坚,接着说道:"其二,无论何时、何地,汉人见蒙古人皆须行礼……"

话没说完,陆秀夫站起来,道:"元帅所提出的条件,第一条不合道理,第二条不合礼法。元帅莫不是在耍我们吧?还是元帅并

第九卷　崖山绝唱

无议和的诚意呢?"

伯颜哈哈大笑道:"正是耍你们!"

诸位蒙古将领都哈哈大笑起来,宋廷的三位使者只觉得难堪至极。

文天祥道:"既然元帅并没有议和的诚意,我们也不在这里浪费时间了。我们三人便就此告别,来日决战时再相见!"说罢,便要走。

伯颜仍笑着,做了一个手势,帐门口的元兵便拦住了他们的去路。

"议和的诚意? 我们第一次合作灭金之时,宋国招降纳叛,已是背盟。前次贵国丞相贾似道,视和谈为儿戏,甚至使出泼皮的耍赖手段,更是令人不齿。我不相信你们的和谈诚意。决战?"伯颜笑了起来,"宋军尚有斗志吗? 我有一句话,要你们带给小皇帝。当年,宋太祖赵匡胤兵临金陵城,南唐后主李煜也曾如尔等今日一般哀求。你们的开国皇帝说了一句话,我们大元的皇帝也很是欣赏,那就是'卧榻之侧,岂容他人酣睡'。南唐后主听了这句话,便投降了宋太祖,而得以活命,也保住了无数百姓的性命。这正是你们的榜样。"说到这里,他又做了一个手势,门口的小兵放下了兵器。

伯颜威严地接着说:"把这些话带给你们的小皇帝吧,若有犹豫,不如想想常州之事。"

文天祥等三人流汗不止,吴坚甚至觉得手脚都冰凉了起来,不由得抬手擦了擦汗。

三人见议和无望,便欲离去。

伯颜道:"送陆大人、吴大人,文大人还请等等。"

七、临安降元

于是陆秀夫、吴坚行礼离去,而文天祥被留了下来。文天祥心中焦急,却不好表现出来,于是愤怒地问道:"扣留使臣,是何道理?"

伯颜哈哈大笑道:"文大人向来有气节,在下仰慕已久。此次见面,便私下里想要多叙几日。若是能一同到大都去,那更是好机缘!"

原来,伯颜见文天祥在军营中举动异常,便将其扣留,以便于控制。

文天祥闻言,心中知道伯颜这是想要将他软禁起来,于是破口大骂:"茹毛饮血的野蛮之人,不懂信义为何物。吾不愿意与你交流,速速放我回去!"

伯颜也不生气,笑盈盈地说:"即将无国无家的人,你要回到哪里去呢?不如跟我一道回大都,说不定那里还有你的用武之地呢。"

文天祥一听,心中大惊,暗想:竖子!谁要与你同行!吾绝不与虎谋皮!

当时吕文焕在旁,想到自己是文天祥的旧友,在伯颜面前也说得上话,便劝道:"宋瑞稍安,元帅乃是好意。"

文天祥气得脸红起来,大骂:"逆贼!休要呼唤我的名字,我并不认识你!"

吕文焕心中惭愧,勉强说:"文丞相为何骂文焕是逆贼?"

文天祥说:"哼!国家不幸,才到了今天这个地步,你就是罪魁祸首!你若不是乱臣贼子,还有谁当得起这个骂名?在我大宋,童子都有资格骂你,更何止我一人!"

吕文焕心中酸涩,无奈说:"想当年,我守卫襄阳六年啊,最终还是得不到援助。"

"哼！力穷援绝之时,正当以死报国！你爱惜自己的性命,既负国又辱没了你的名声。如今因为你一人的缘故,你全家世世代代都将背负乱臣贼子的骂名！"

伯颜对文天祥甚是感佩,鼓掌叫好！伯颜的部将唆都也来凑热闹,哈哈大笑地说道:"骂得好！"

吕文焕愧疚无当,哑口无言再也不敢多劝了。

太皇太后冷静地听完了吴坚、陆秀夫的汇报。

二人略说了和谈失败的情况,便长跪不起了。

太皇太后道:"时运如此,二位不必自责。现如今的大宋,文官不能决策,武官不能打仗。敌人兵临城下,而我们连议和的筹码都没有,实在是走投无路了。"

沉默很久。太皇太后冷静地道:"左丞相吴坚、礼部侍郎陆秀夫听旨。着礼部侍郎陆秀夫,撰写降表。"

陆秀夫表情悲愤。

"左丞相吴坚,即日准备起程,赴元大都将降表呈给元主忽必烈。"谢道清一字一句地缓慢说完,泪盈满眶。

投降之事很快定了下来,左丞相吴坚赴元大都将降表呈给忽必烈,太皇太后谢道清则代表宋廷率领宫人,完成投降仪式。

投降之日很快到了。

众人全部身着素服,面带哀戚之色,集中在了宋廷的后殿里。他们对自己的未来充满了悲观、绝望,不少人在无声地哀泣着。

谢道清怀抱五岁的小皇帝,缓缓走出宫门。她身着素服,怀抱小皇帝赵㬎,跪在临安城外,而蒙古人的军队骑着马,昂首走进了

七、临安降元

临安城。

文天祥始终没有获得人身自由,伯颜似乎决心要把文天祥带到大都去。

另一边,李璇儿、吴纶、华训、王应梅等人,日日关注和谈的情况。众人一开始得知蒙古拒绝和谈的时候,并不意外;然而得知左丞相吴坚回来,右丞相文天祥被扣留,李璇儿与吴纶就已经发觉不妙。

当时,李璇儿对众人说:"先生以右丞相之身份入敌营,而不得回来,恐怕情况有变。"

王应梅道:"左丞相已回,右丞相便留下作为人质,也是有可能的。"

吴纶道:"即便有这个可能,我们也得设法知道文丞相究竟何时返回。"

李璇儿道:"若是以往,两国之间的使者应当受到尊重。而现在,元军就在临安城外,丞相又去而不返,岂不是要发生大事的预兆?"

华训道:"咱们离得太远,实在不知道发生了什么事。不如我与师兄夜探元军军营。"

"不可!"李璇儿与吴纶齐声道。

吴纶说:"现在情况不明,不可妄动,否则会引起敌人的猜疑,威胁到文丞相的安全。吴坚大人已经返回临安,那么不论议和成败与否,朝廷很快都会降下旨意。"

众人正在商议,楚宁急匆匆从外面进来,道:"大宋,降元了!"

"什么?"众人皆惊,继而转悲。

"可有文丞相的消息?"

楚宁面色凝重,道:"文丞相被伯颜扣在蒙古大营里了。"

八、宋室南奔

1. 瓜洲夜探

十月,伯颜大军入临安,阿术则又整兵合围扬州。冬日食物缺乏,扬州城内多有饿死的平民。

闰三月,文天祥与太皇太后谢道清、小皇帝赵㬎一起,随伯颜大军北上,来到瓜洲。

自从听到临安投降的消息后,李庭芝就寝食难安。他皱着眉头,向自己的部将姜才问道:"宋廷已降元了,而面对元军的围攻,我们仍然坚守城池。照你看来,下一步我们应该怎么走呢?"

姜才道:"李将军您所担忧的是宋廷既然投降,我们是否应该随之投降?如果不投降,恐怕军心动荡,士兵惶恐。如果投降了,这许多年的坚守,实在是令人不甘心啊!"

李庭芝道:"朝廷若无正统延续,吾辈也就没有了前进的方向。听闻太皇太后目前到了瓜洲,我欲往一探,询问国事。"

姜才大声回答:"末将愿跟随将军前往。"

李庭芝表情严肃地点头。于是二人便趁着夜色,只领着数骑精锐,往瓜洲去了。

八、宋室南奔

瓜洲,蒙古军营的某个营帐里,太皇太后和文天祥对坐着。

太皇太后仍是素服,不加装饰,面色庄重,而文天祥看起来则有些焦虑。

太皇太后道:"尽人事而听天命,文大人就不要把担忧挂在脸上了。"

文天祥道:"太皇太后如此持重,宋瑞不如您啊!然而我心中最担心的事情,就是太皇太后你所担心的事情!"

"不必多说,小心隔墙有耳。"

文天祥跪坐,行礼道:"是!"说罢又问,"不知皇上近来如何,北上水土可有不服?"

"此处离临安并未有多远,还没有到水土不服的时候呢。"

"太皇太后为了皇上,也请保重身体。"

太皇太后闭上眼睛,不再说话。

夜色里,有几个黑影在逼近。那几个黑影悄悄靠近太皇太后的营帐,从帘缝往里面偷看……

文天祥喃喃道:"可惜我被困在此地,不能发挥作用。"

那黑影以为文天祥在喊屈,掀帘而入,低声怒道:"文大人陪着太皇太后与皇上北上,有何委屈?"

姜才心中感叹一声,随之迅速地进入了帐内,最后一人仔细地合拢了帐子。

文天祥瞠目结舌,站了起来道:"李将军为何在此?可是扬州……"

还没说完,文天祥发现了几人身上穿着夜行衣,立刻不再说话。

太皇太后动容地站了起来。

第九卷 崖山绝唱

李庭芝等几人急急地走到太皇太后面前,激动地跪下行礼。李庭芝低沉地说:"扬州城防坚固,末将夜至瓜洲,特来迎回太皇太后及皇帝。"

太皇太后问道:"你们一共来了几个人?"

李庭芝说:"来了数十骑,皆是精锐,我们悄悄潜入,并未被发觉。另有弟兄在外接应。"

帐内,太皇太后沉吟着,面上露出犹豫之色。过了一会儿,说:"哀家是不能跟你走的!"

此言一出,除了文天祥,李庭芝等人都大吃一惊。

李庭芝严肃地问道:"扬州城池坚固,易守难攻。您与皇帝若是今晚跟我去扬州,必定万无一失。再联络诸将,大宋未必没有再生之机。太皇太后可是有什么顾虑?"

说着,李庭芝望了文天祥一眼。

太皇太后解释道:"哀家虽然是妇道人家,又降元以求生路,可哀家并不是贪生怕死的人。哀家没有想过要不要去扬州,因为哀家根本不想逃亡。哀家所担忧的,是另外一件事情。"

文天祥急道:"太皇太后,慎言!"

李庭芝怒视文天祥。

"李将军也是国之栋梁,哀家要说的这件事情,早晚你也会得知,不如就此告诉你吧!"太皇太后语气平和地说,"哀家会安安分分地带着皇帝北上至大都。哀家的另外两个孙子,如果路途顺利的话,现在应该已经出了临安。"

李庭芝震惊道:"二王,乃是先帝亲子啊!"

太皇太后道:"李将军若有忠心,便南下辅佐二王另外起事吧。哀家随军北上,是为了遮蔽蒙古人的眼睛!"

八、宋室南奔

李庭芝心中百感交集,跪下道:"谨遵太皇太后懿旨!"众人随着跪倒。

太皇太后转过身不再去看他们,道:"你们快走吧!"

文天祥亦拱手送别。李庭芝等人急急退去了。

同年,赵㬎至大都,封瀛国公,太皇太后、太后并封郡夫人。

在文天祥踏入蒙古军营,准备议和的时候,江万载与王德则开始了暗中的调兵遣将。江万载与江钰二人率领殿前禁军精锐,从反方向悄悄出城了。

马车里坐着度宗的妃子杨太妃、太皇太后的大宫女采玉和益王赵昰、广王赵昺。

"再行一个时辰便能到钱塘江边了!"江钰说。

江万载道:"安静赶路!"并不多话。

王德回头遥遥看了一眼临安城,心中想着,太皇太后,一定要稳住啊!

元军进入临安城的时候,他们离钱塘江也只有半个时辰的路程了。

临安城内,伯颜对谢道清等人投降的态度很是满意。面对着乌压压的众人,随口道:"赵氏子孙,都在这里了吗?"

片刻,谢道清道:"宋室子弟,都在这里了。"

伯颜却隐约觉得不对,举手招了一个参谋道:"你去清点一下人数,可有错漏?"

不一会儿,参谋报告:"几个幼童的年龄,似乎有点对不上。"

此时又有士兵报告:"报告元帅,南门以南,发现车队走过的痕迹,尚且不知是哪个队伍。"

第九卷　崖山绝唱

伯颜大声道:"唆都,你去看看!"

钱塘江边,江万载等人终于开始登上南渡的战船了。

杨太妃由国舅杨亮节陪同,正要登上大船,江万载忽然大叫一声:"不好,有追兵!"

刚说完,大家就听到了隐约的马蹄声。

杨太妃一听,几乎瘫软在地。杨亮节赶紧扶住她,安慰道:"快上船吧,上船就安全了!"说着连扶带拉地把杨太妃弄到了船上。

在他之后,采玉抱着益王赵昰,江钰抱着广王赵昺,也迅速上了船。

马蹄声越来越大,很快到了跟前,领头的是伯颜所器重的部将唆都。

江万载见事情紧急,随手一指,大声道:"这一队跟我迎敌,其他人速速上船!"说着,便迎着唆都而去。

杨镇当时仍在岸上,见江万载一马当先,也领了一队兵,大声道:"跟我来!"这两支军队便与唆都的追兵厮杀起来,打了个平手。

杨镇乘间隙对江万载大声道:"江大人请先上船指挥南下,我来拦住元军,随后赶来!"

江万载回头一看,陆上的士兵除了还在苦战的,已经尽数上船了。有些元军竟追赶着也想要登上大船,大船上的宋军正在奋力阻止。

江万载对杨镇吼道:"妥善断后!"然后,便调转马头,往甲板方向而去,一路还在砍杀企图登船的元军。

这一战,唆都追击南渡士兵于钱塘江,杨镇以死拒之,江万载护送二王南逃。

八、宋室南奔

2. 乱世流亡

二王先是到了温州,此时,文天祥率领着华训、吴纶等人,追上了二王。

文天祥向天下公布了太皇太后的诏令,并令华训、楚宁分别送信前往张世杰等处,建议张世杰、刘师勇、苏刘义等率兵离开临安,以保存兵力。刘师勇未能等到文天祥的书信,以为事不可为,纵酒而亡。

诏令言明二王乃是宋室正统。陆秀夫闻此消息,大喜,率家来归。

宋降将黄万石欲取福建以全其功,二王至后,汀州、建州闭门以拒黄万石。黄万石战败,手下将士多有来附二王者。

文天祥、陆秀夫认为宋祚一定要延续,与陆秀夫计议以后,请益王称帝。

文天祥公布太皇太后诏令的时候,苏刘义、张世杰等先后率兵来归。于是,在文天祥、江万载、陆秀夫、张世杰等人的号召下,各地的分散势力先后到来,小朝廷渐渐有了规模。

在温州,二王并未停留很久,因为元军统帅伯颜继续对二王穷追不舍,二王逃到了福州。

不久,刚满七岁的赵昰登基称帝,改元"景炎",尊生母杨太妃为杨太后,仍由老臣江万载秘密摄行军中事务,统筹全局;加封弟弟赵昺为卫王,张世杰为大将,陆秀夫为签书枢密院事,陈宜中为丞相,文天祥为少保、信国公并组织抗元。

文天祥、张世杰、江万载终于掌握了军事决策权,然而情势已经急转直下,文天祥将如何把有生力量发扬光大?他在精神上、行

第九卷 崖山绝唱

为上鼓舞士兵,这一点是有效的。但他并没有提出重大的决策,而是在小范围的军事斗争上与元军纠缠不休。

赵昰称帝后,四散的臣子仿佛有了归属一般,先后来归。

这里原本是福州的府衙,众人便在这里议事,朝会由陈宜中主持。

文天祥对众人说:"弃临安而南下,是不得已而为之的事情。既已南下,不如占据温州。温州易守难攻并且靠海,若是我方守住了温州,正可以与扬州李庭芝相互呼应,若是战事失利,还可以走海路往泉州,可保宋祚延续。"

陈宜中不屑道:"这就往海边逃去,那江南陆地就尽数拱手让人了吗?"

文天祥道:"可以分兵据守。"

陈宜中道:"陆地不能有失,不然就失了根基。不如就请张世杰大人收复浙东浙西,文大人开赴剑南如何?"

江万载大怒道:"陈丞相是调兵遣将还是排除异己?剑南正在蒙古铁蹄之下,如何去?这大难当头,各处宋军正应该合兵一处,勠力同心,怎能自行分兵,难道要等着元军各个击破吗?"

陈宜中亦大怒道:"吾乃大宋丞相,调兵遣将是应当之事,江元帅为何咄咄逼人,说陈某不能容人?我已经召唤各处同僚,请他们会合来见,今日正接到陆秀夫陆大人的消息,他不日将前来。"

文天祥见二人争吵,急忙制止道:"我辈受到朝廷的恩遇,岂敢言弱?这正是我们报国的时候啊!另有一事。泉州有名人,名蒲寿庚。此人老于海事。若能招得蒲寿庚,必然为我军海战添一大助力。元军攻临安之前,元军统帅伯颜派遣不伯、周青招抚蒲寿庚、蒲寿晟兄弟,未果。可见此人自认是大宋子民,请陛下不以异

八、宋室南奔

族为异端,授予他官职。"

赵昰只是个七岁的娃娃,还不知道他的国土和家园已经被异族侵略。流亡刚刚开始的时候,他以为这是一个刺激的游戏,然而一次次的搬家,终于令他厌恶了。他苦恼过,也怀念起了可以安稳睡觉的日子,然而哭闹没有用,于是,他隐约中也知道自己再也回不去了。他被要求参加一群大人的集会,虽然他并不知道这集会意味着什么,也听不懂大人的话。此时文天祥的话音落下,众人的眼睛都看向了他。他慌乱地吞着口水,下意识地望向他最依赖的人——王德。这位都知是祖母留给他的,祖母告诉他,有不痛快的事情,找王德就可以了。王德见小皇帝看过来,微微颔首并眨了眨眼睛。他稍微安心了一点,小声说:"准。"

景炎元年(1276)五月,赵昰任命蒲寿庚为闽广招抚使兼主市舶,希望他能够帮助流亡的宋廷在福建和广州坚持抗元。

临安投降之后,扬州成了真正的孤城。阿术开始行围困之法,反正江南一线已经全部到手,江北孤城想来也翻不起浪花。李庭芝接到太皇太后的密旨后十分为难,因为扬州之势令他进退不得。一是扬州虽说势孤,但是江南诸军一旦打回来,扬州是个牢固的据点,若随意弃城,岂不是把江北唯一的据点放弃了,实在是可惜。二是因为孤城缺粮的缘故,扬州城内的军队若是南下,实际上要冲破元军的封锁线,等于掉一层皮。左思右想,他想不出好办法来。

当时朱焕在侧,便问李庭芝:"将军下定决心要南下了吗?"

李庭芝道:"吾已有南下之心,只是经营扬州日久,实在是舍不得此地啊。"

"扬州乃是将军的大本营,请三思而后行啊。"

第九卷 崖山绝唱

"话虽如此,若是宋祚最终灭了,我这扬州主将又有何面目?"

"将军若是南下,朱焕愿留下为将军守扬州。"

李庭芝闻言大喜道:"若是如此,太感谢朱将军了!"

李庭芝意愿已定,一点儿也不耽搁,当夜便收拾行李,与姜才率数百骑连夜出城而去。

李、姜二人风尘仆仆,行了一夜一日,到第二日傍晚,才停了下来。

李庭芝问道:"前面离瓜洲还有多远?"

姜才道:"如此赶路夜里可到。"

李庭芝道:"我们要走小路,恐怕道路更艰险,先在此处歇息片刻。"

随从者纷纷下马休息,几个士兵到废墟中寻找水源。

这里是一处荒废的村子,昏黄的夕阳下,只见房屋破败,田地里庄稼和野草长在一起,鸦雀偶尔发出一点声音。李庭芝众人虽然久经战火,但是在这暮色中体味苍凉,还是第一次。

众人沉默地坐在树下或者是草地上,只等天黑就出发。

忽然,从房屋废墟的后面,传来一声凄惨的叫声。众人大惊,纷纷拿起兵器,只见有一个人影闪过。就在这一瞬间,天色竟然完全暗了下来。这是一个没有月光的晚上,四周静静的,只有虫鸣声和遥远的夜枭传来的声音。姜才大声喝问道:"什么人鬼鬼祟祟?"这声音传出极远,静了片刻,一阵笑声爆发出来。随着这声音,那废弃的村子里竟然亮起了点点火把,姜才不由得心中大惊,知道今夜凶险,侧脸望向李庭芝时,见李庭芝神情威严。

笑声逐渐消失,姜才借着火光远远望去,吃惊地喊出来:"博罗欢!"

八、宋室南奔

那博罗欢亦是元军南下的诸将之一。元军的南下大军分为三支,一是刘整的西路军;二是伯颜的主力军;三是博罗欢的东路军。东路军南下的主要目标便是扬州,但也受阻于扬州,所以扬州守军与博罗欢的东路军大小战役不计其数,彼此都熟悉了。

李庭芝咬牙切齿地喝问道:"为何追击如此迅速?"

博罗欢得意扬扬地道:"你们这边出城,那边朱焕便向元帅递了投降书啦!哈哈,大元帅特命我半路伏击,就是为了让我与李将军做个了断!"

李庭芝闻言,羞愤不已,无论如何也没有想到竟然被自己的兄弟背叛了!李庭芝思及与朱焕十数年的情谊,胸口疼痛不已。

李庭芝见对方人数数倍于己方,又见己方人马疲惫,心酸不已。长啸一声,喝道:"岂可跪而降!杀!"

众人见主将如此拼命,于是个个奋勇向前,并不退缩。

双方杀在一处,宋军心怀死志,出力不惜命,一时之间,元军竟然有些招架不住。博罗欢见双方搏杀激烈,做了个手势,于是元军一拨下去,一拨又上来,竟然发起了车轮战。

拂晓时分,这场伏击战才真正结束了。博罗欢清点人数,元军死者竟有千余人;再看宋军的尸首,已经没有一个是完整的。李庭芝与姜才的尸首也与普通士兵混在一处。博罗欢心中感慨,令士兵就地掩埋。

这个消息传开之后,文天祥、张世杰最为惊讶。

文天祥向陆秀夫长叹道:"造化弄人,南方犄角之势竟然拱手让人!"陆秀夫闻得旧主噩耗,泣涕不能作声。文天祥道:"看来福州不可久居,下一城便要往泉州去了。若到泉州,千万不可与蒲寿庚交恶,毕竟事急从权。泉州实乃要地,进可扎根东南,退可从海

第九卷　崖山绝唱

上撤退。"

陆秀夫只顾大哭。

这年夏,赵昰坐船至泉州。蒲寿庚听闻皇帝将来,大喜,以宋廷闽广招抚使的名义,率领泉州城中的大户请求参拜皇帝。

听闻蒲寿庚前来谒见,陆秀夫想起文天祥的叮嘱,便亲自在皇帝的船上接待了他。待到见了面,陆秀夫大吃一惊。

蒲寿庚长着深棕色的头发和灰绿色的眼睛,眼窝深陷,竟然是一副外族人的样貌。原来,泉州自对外贸易开放以来,便有许多异族之人追逐贸易而来,其中包括回回人、色目人。蒲寿庚的曾祖便是色目人,蒲寿庚从他那里继承了灰绿色的眼睛和深棕色的头发。蒲寿庚一生见多了别人对自己相貌的惊诧,也并不在意,笑着解释道:"我的先祖从海外来此做生意并娶妻生子安家,这才有了我。我可是生在大宋长在大宋,是地地道道的宋人啊!"说着,豪爽地笑了起来。泉州本来就是一个开放的贸易城市,这里的人们见多了异族人。

陆秀夫却不一样。陆秀夫是典型的士大夫,一见蒲寿庚的样貌,就敬而远之了;又听见他说了这么一大通话,只觉得不伦不类。

他拱手道:"蒲寿庚大人辛苦!只是皇帝南下时,在海上受了颠簸,此时不宜见人啊,这真是……"

蒲寿庚豪爽地说:"没有关系,我明日再来!我这里准备了精美的房舍、干净的食物,不如就请皇帝到泉州暂时休整?"

陆秀夫道:"皇帝起居之事,由王德都知负责,不如我与王德商量,再与蒲寿庚大人回话?"

蒲寿庚道:"也好!"说罢便离去,预备明日再来。

八、宋室南奔

张世杰等人听闻蒲寿庚的情状,面面相觑,谁也没有料到,这个泉州的地头蛇竟然是不折不扣的外族人。

张世杰道:"虽然他身为外族,但是泉州乃属大宋,作为临时行在,并无不可!"

陆秀夫激烈反对道:"怎能如此!难道要皇帝日日与金发碧眼之人相对吗?"

张世杰道:"听说蒲寿庚钱财和战舰都很多,弃了他,实在是可惜啊!"

陈宜中道:"既然如此,也就召他来见,不过是见见面便可令他出力出钱。他既然声称自己是大宋子民,便要他做出事迹吧!"

王德道:"蒲寿庚对大宋有仰慕之心,不如就留他在皇帝身边伺候?如此一来,泉州势力必当尽力,我们也可以暂时在此落脚。"

众人皆默许,只有陆秀夫仍表示反对。王德便道:"且等明日!"

第二日,蒲寿庚果然又来见,这次是张世杰接待。蒲寿庚见其穿戴,知道不是负责礼仪的官员,心中纳闷却不说。

二人寒暄毕,蒲寿庚又问:"今日皇帝身体可好?"

张世杰道:"安好。"

蒲寿庚奇怪地问:"既然已经安好,为何不见我呢?我为皇帝准备的房舍、礼物,十分精美可用。我为同僚们准备的房舍,很多官员已经住进去,大家都说很好。"

张世杰哑然失笑道:"皇帝是天子,不会去你准备的房舍的!"

蒲寿庚心中不快,须臾又笑道:"我等朝拜皇帝,是期待已久的事情,不知今日是否能实现?"

张世杰道:"皇帝得知蒲寿庚大人率领泉州城中大户前来拜

第九卷 崖山绝唱

见,十分感动,打算给予赏赐。只是不知道这些大户们愿意出多少家资帮助宋廷呢?我们的江万里大人、文天祥大人、王应梅先生,都是倾尽全部家资,用于抗击蒙古!"

蒲寿庚惊讶道:"皇帝需要我的家资?我看皇帝的衣食住用并不拮据!"

张世杰恼他不懂事,道:"为国出力,此乃大义!大义都不懂,还想要与天子会面,真是商人,没有见识。"

蒲寿庚大怒道:"你们皇帝要占领我的城市,我欢迎你们来;你们来了就要我的家资和战船,却看不起我,不让我见你们的皇帝!"

张世杰高声道:"休得妄言!这里不是你的城市,这里是大宋王土!"

张世杰与蒲寿庚谈崩,心中暗自思量该如何收场。蒲寿庚家产甚是殷实,张世杰不愿意放弃这外财,于是便立刻派出一队士兵,令他们前去抄没蒲寿庚的家产。

却说蒲寿庚一路往家里走,一路逐渐冷静下来。细细思索,其实宋廷授予他官职,也从没有把他当作自己人。然而他生在大宋,长在大宋,已经把自己看作是大宋的人了,却要遭受如此待遇。正胡乱思索着,一个人蹲到他的面前,正是自己的家仆,只见他泪痕满面,口齿不清,心里不由得担心起来。蒲寿庚急忙问:"出了什么事?"仆人哆嗦道:"抄家,他们去抄家!我们的家被抄了!……"蒲寿庚闻言大惊,急忙往家里去,远远地只看见门户大开,穿着宋军服饰的士兵从他的家里往外面搬着东西,家中的老弱妇孺则跪在门边痛哭不止。蒲寿庚见状便要上前,却被仆人抱住双腿。那家仆哀声道:"老爷此时上前,又有何用!"

蒲寿庚听了这一句,冷静了下来,自语道:"不错!不错!"说着,往码头而去。码头日日有一队巡逻兵,乃是蒲寿庚得官之后亲自招募的。蒲寿庚便带着这一队人走到了一处宅子前。

这宅子,正是蒲寿庚为宋室子弟准备的。有个文官打扮的人背着包袱,见蒲寿庚来了,便上前打招呼:"张大人今日邀请诸位同僚议事,蒲大人同去吗?"蒲寿庚一言不发,直接砍下了他的脑袋。

望着这宅子,蒲寿庚命令道:"凡是住在这里的人,都像他一样。"说着,举起了手中的兵器。

在张世杰的眼里,商人逐利,为了给朝廷增加财产,即使抄家,商人也只能接受。当是先解了燃眉之急吧!然而泉州风气开放,并不大受中原礼法约束。在蒲寿庚看来,毁灭了他的家庭就等于毁灭了他的尊严,是绝对不能容忍的!当日,在泉州的宋室子弟及士大夫,无一生还。

景炎二年(1277)元月,元军由浙江抵泉州,蒲寿庚与州司马田真子献城降元。张世杰只得护送赵昰转移。临行前,他下令抢走停泊在法石一带的蒲氏海舶四百多艘。

降元之后,蒲寿庚反以自己所剩下的船只为元军攻打宋军,此是后话。

3. 岭南缠斗

从景炎元年(1276)九月开始,元军全力追击二王。阿刺罕、董文炳、忙古带、唆都以海路出明州,塔出、吕师夔、李恒以骑兵入闽广,阿里海牙自静江入广西。

塔出、吕师夔、李恒很快率领元军到了福建之北,其中,吕师夔所部与文天祥正面相遇。

文天祥见元军到来,便与众人计议:"元军分三路而南下,中间

第九卷 崖山绝唱

这一路又分三路,以包抄之势向我们而来,我们要如何才能抵挡呢?"

赵时赏道:"我军数量虽然不少,但是绝对不能分兵应战,若是分兵,很有可能被元军分别围攻。"赵时赏亦是宋室子弟,不过是旁支。在文天祥决定离开福州经略江西的时候,便率部跟随了文天祥。

吴绂道:"我们宋军,现在分为两部,一是江大人、张大人所率领的军队。两位大人的部队以水军为主,多有大船,保护皇上与太后,在南海寻找可退居之所。二是文丞相您所率领的义军,经营江西、福建之地。我觉得,江大人、张大人率领的部队,适合海战,文丞相率领的义军,适合陆战。我们的军队,相对于江大人所部,实际上是他们的屏障。所以,咱们的目的,应当以拖住元军为主。"

文天祥道:"吴大人的分析,深合我意。元军既来,我们却不可硬碰硬,白白消磨了自己的战斗力。这并不是退缩,而是为了全面防御。"

于是文天祥便率兵往漳州而去并联络张世杰等人,令他们寻找退居的海岛。

陈宜中对张世杰说:"情势危急,连文丞相都退居漳州以避开元军的锋芒了,我们的军队号称数十万人,但其中百姓与宫人便有三分之一,如何打仗?文丞相既然建议我们寻找海岛作为基地,我看这计策很好。若是有自己的基地,百姓可作为军队的后援,皇上与太后也可以稍作歇息。"

张世杰听了,觉得很有道理,道:"现在我们手上,大船是足够用的。我们可全员居于舟船之上,若是元军来时,我们可与之海战,亦方便撤退。"

八、宋室南奔

陈宜中道:"正应如此！南海一带岛屿甚多,定然可以寻到合适的居所。"

于是,张世杰立刻下令,备大舟,奉皇上、杨太后、卫王明日一早登舟。

第二天一早,水上忽起大雾,难以看清人的面孔。张世杰在大雾中完全看不清自己的队伍,但是他仍然硬着头皮下令:"登舟！"

陈宜中惊惧地自言自语道:"天意,天意啊！"

宋军十七万人、民众三十万人、淮兵万人,在慌乱中登上大舟。

陈宜中见天气不好,以为大宋再也不能得到老天爷的保佑,于是偷偷写了一封降书,令士兵悄悄送给元军。元军将领看了,嘲笑一番,并不回应他。

景炎二年(1277),忽必烈因大都有事,急召东南诸将班师回朝。

消息传来,文天祥与诸人欣喜道:"这真是上天赐予的好时机！"

于是下令,令李版收复潮州,自己则与赵时赏亲自率兵往江西而去。

李版乘机攻克广州、潮州,文天祥出兵江西,收复昌县等地。

张世杰听闻文天祥的胜绩,欣慰不已,道:"果然还是文丞相最可靠,我也要努力才是！"于是下令分兵往泉州进发。

当时泉州守卫甚弱,因为元军善攻而不善守,张世杰便率兵收复泉州。然而刚刚整顿了没几日,又有斥候向张世杰报告:"此次元军人数更多,已成合围之势,往泉州而来！"

张世杰惊道:"竟然来得如此迅速！"皱眉思考了一会儿,道,

第九卷　崖山绝唱

"泉州既得,不能轻易失去;若是突围,又要苦战,不如死守!"

于是张世杰传令:"避开元军南下锋芒,不与其正面作战,只守住城池即可。"

由此,泉州被围困了。

文天祥行至江西,便驻扎在兴国。

八月,元将李恒兵至赣州,听闻文天祥正在兴国,便欲袭击。

有人建议:"我军长途奔袭,似乎不适合立刻战斗。"

李恒却道:"我军乘兴而来,正要打一胜仗以振军心!况且文天祥就在附近,我若擒住他,岂不是大功劳一件!"于是,李恒不顾长途跋涉,一鼓作气率军前进,袭文天祥于兴国。

文天祥听闻元军来偷袭,猝不及防,匆忙间下令道:"速速应战!"

赵时赏道:"我来应战!"

吴纶道:"我来整军!元军来势汹汹,我们恐怕还是要避其锋芒。"

文天祥道:"便请赵将军应战,我将整顿大军,作为接应!"

赵时赏道:"丞相为大军之首,不可只身冒险!吴大人说得对,我军须避开锋芒,保存实力。我来应战,大军后退之时,我便殿后!"

宋军匆忙间勉强摆开阵势,元军自西而来,发动攻势。元军中有人大声喊道:"活捉宋国丞相!"

文天祥听了,心中惊慌,勒马强自镇定地喊道:"奋力前进,不要胆怯!"说着,竟然拍马往元军方向去了。

不一会儿,文天祥便到了交战前线,只见赵时赏正与李恒战在一处。见文天祥前来,李恒大声哈哈笑道:"又来一个送上门的!"

八、宋室南奔

元军士兵听见,精神振奋,都往文天祥处围攻而去。

赵时赏见文天祥身先士卒,激动地大叫:"丞相!丞相!"说着更加奋力拼杀。

李恒忙乱中听见"丞相"二字,大声问道:"丞相在哪里?"

赵时赏见文天祥稍退,大声吼道:"文某在此!"连喊数声,很快,赵时赏被重重围困了。元军因顾及活捉文天祥的命令,不敢痛下杀手,赵时赏得以拖延时间。

文天祥匆忙间回首时,只见残阳如血,橘红色的光线正被树枝分割得七零八落,林间闷热的风吹来双方士兵的惨叫声。他看了一眼,心中悲痛,头也不回地策马而走。

楚宁带着文天祥到了安全地带,只见吴纶与欧阳氏正忙着安抚将领家属。家属随军,原来是大宋军队的一项好政令,但是真的到了决战的时候,这些老弱妇孺体力不支、精神软弱,反而成了军队的累赘。

见文天祥来此,欧阳氏精神振奋,仿佛看到了救星,问道:"夫君,现在我们怎么办?"

几个女儿脸上戴着灰扑扑的面巾和头巾,见文天祥来了,皆上前喊道:"爹爹!"

文天祥威严地命令道:"整军,令后军变前军,往循州撤退!"

元军发现宋军往反方向移动,知道宋军要撤退了。李恒恨恨道:"想逃,没门!"

于是元军擂动战鼓,攻势愈烈。

赵时赏见状,知道宋军大部队已开始转移,心下稍定,对士兵下了死命令:"为了丞相、为了我们的家人,死死守住,不许撤退!"

李恒被赵时赏死死拖住,无法追击。如此激战,从傍晚到夜里,熬到这时候,赵时赏的身体已经疲惫不堪,借着火光他看看周围的士兵,几乎所剩无几。

文天祥兵溃撤往循州,半路传来消息,宋室子弟赵时赏死于兴国之战。他痛惜道:"赵将军是为我而死的!"

九月,忽必烈下令,塔出、吕师夔、李恒等以步兵由大庾岭入广东,忙古带、唆都、蒲寿庚、刘深以水军追小皇帝。

在忽必烈的命令下,南下的几支元军重新组合,进攻方向直指小皇帝所在之地。于是泉州围解,张世杰走浅湾而转秀山,与江万载所部重新合在一处,奉着小皇帝往雷州而去。

元军来得越来越快了。

张世杰建议说:"立刻渡海,往雷州去。"

江万载对张世杰道:"我已有渡海计划,然而当地渔民说,这个季节,有时候海上会有风浪,不可冒进啊。所以我也在犹豫。"

张世杰从秀山至井澳,所遇皆是晴天,便道:"近来天气晴好,正是渡海的好时候,我们一鼓作气,半日便可到达雷州,总好过在这里等着元军追来。"

一旦做出了决定,江万载便命令士兵调转船头,往雷州方向而去。江万载守卫帝舟,杨太后、卫王赵昺则居于张世杰船上。

那一日,天气晴朗,风从东边吹过来;江万载命人张开侧帆,船桨和摇橹都用上,以最快速度往南而去。

众人见顺风顺水,心中安慰,祈祷快些到达岛上。远远地看到雷州就在眼前,众人松了一口气。这时候,天色忽然间暗了下来,一瞬间就见不到日光了。

很多人都以为是上天的警示,便跪在甲板上祝祷起来,自称愿意折寿,只求上天保佑大宋。

八、宋室南奔

然而天不遂人愿,天暗下来的同时,从四面八方都刮起了风。很快,风越来越大,行船的将领大声地命令:"收帆!转舵!摇橹!"

大宋南渡的大船,受到了这一番侵袭,都变得东倒西歪、摇摇晃晃了。其中受损最严重的便是帝舟。因为帝舟乃是楼船,最高大,船上旗帜最多。所以大风来时,它所受到的侵袭便最为严重。

王德于大风中焦虑地对江万载说:"风太大了,帝舟晃得厉害,我看,不如将皇上转移到无帆的矮船上!"

江万载道:"甚是!"

于是采玉、王德便护着皇帝出了船舱,往矮船上转移。此时风雨大作,大风刮得人都站不稳,皇帝早被吓得说不出话来。

王德大喊:"风太大,转移不了!"

话未落音,一个大浪向帝舟打来,大船剧烈晃动了几下,甲板上又湿又滑,众人还没有站稳,又有大浪打来,大风不止,帝舟眼见要倾覆!

江万载见皇帝身处险境,惊惧不已,拿了绳子,使尽了全身的力气往王德处去。这个时候,浪更高风更大了,帝舟在大风中发出嘎吱嘎吱的声音,在大风浪中摇摇晃晃了好几下,终于一个侧身,倒了下去。

众人一看帝舟倾覆,皆惶恐不已。江万载使劲全力,刚刚抓住皇帝的胳膊,大船就倾覆了。他心中喊着糟糕,手下却不停地把皇帝绑在一块漂浮着的木板上。江万载知道大船倾覆造成了密闭空间,若是不能出去,人很快会死。

皇帝惊慌不已,大哭起来。江万载只好安慰道:"皇上莫哭,老臣定保皇上安全!"

王德被大船倒下的惯性抛到了水面上,张世杰在旁边的战船

第九卷　崖山绝唱

上见生还者漂浮在水面,忙令人将绳子抛下,救起许多落水者,王德和采玉也因此获救。

王德、采玉不见皇帝,如失了魂魄,直嚷嚷:"有何面目去见太皇太后!"

这时候,有人指向海面道:"快看,那里是皇上吗?"

众人一听,精神振奋,往海上看去,风雨中隐约有明黄色帝服。

江万载于风浪中费尽气力游动着,小皇帝被他缚在了自己的背上!江万载只觉得胳膊和腿都沉重无比,小皇帝在背上一边哭泣着,一边冷得打寒战,吞下了许多海水。

江万载终于抓到一根绳子,把绳结扣到了皇帝的身上。众人见状,立刻把皇帝拉了上去。

江万载见皇帝安全,心中稍安,正准备抓过另一根绳子,一个大浪向他打来。江万载只觉得身体沉重无比,水中像有无数双手,拉着他不停地下沉,于是,他放弃了……

小皇帝往雷州逃,不料遇到大风,帝舟倾覆,差点溺死,被江万载救回,但江万载却殉国了,小皇帝也因此得了惊悸之病。大风过后,张世杰清点人数,宋军死者过半。

元军追击不止,张世杰等被迫入海。陈宜中认为势尽,请求撤往占城,并先往占城而去,一去不复返。

景炎三年(1278)三月,赵昰驾崩。

自井澳大风之后,群臣想借此机会离开的甚多。陆秀夫极力反对,说:"度宗有一个儿子还在,怎么能弃他于不顾?上天如果还没想灭绝大宋,难道我们就不该振兴国家吗?"

众臣子惭愧不已,于是共同拥立赵昺为帝,改元"祥兴",杨太后听政。

八、宋室南奔

五月,城中粮尽,士卒食草。张世杰围雷州而得粮草。张世杰观察之后,认为崖山可守,遂往崖山驻扎,并造行宫。

4. 海丰之厄

景炎三年(1278),文天祥避李恒兵而走海丰之后,收到了新的元军动向:张弘范所率领的南征军,水陆共二万人,分道南下。

吴纥见形势不好,又得知张世杰等已经逃至海上,便对文天祥道:"丞相曾经命令张世杰大人、江万载大人、陆秀夫大人往海上寻找大岛,作为宋军的退路。然而时至今日,江万载大人以身殉国,张世杰大人分身乏术。所以我吴纥自荐,请文大人从原来的义军中拨出一支,由我带领,往海外寻找大岛如何?"

文天祥一时没有回答。

吴纥发誓道:"无论结果如何、时日多久,我吴纥一定回来,向丞相复命!"

文天祥沉吟道:"也好!"

于是,文天祥便令吴纥、李版带着心腹,往张世杰处联络,并往海上寻找大岛以图后路。

张弘范率军南下,听闻文天祥被李恒所败,大喜。他对弟弟张弘正说:"文天祥现在就在海丰,这件大功劳,必得你去取了!"于是命令张弘正为先锋官,率兵追击文天祥。

此时文天祥的军队驻扎在海丰县境的山林中。他身边的可用之人所剩无几。思考之后,文天祥觉得自己兵力已经被削弱很多,只有与张世杰合兵,才能寻找生机。

于是文天祥传令道:"就地埋锅造饭,饱食之后,便往南行军。"只见山林中炊烟飘起,静谧得似乎不像是战争年代。宋军多日作战、行军,疲乏不已,得到这个休息空隙,许多人都放松了精神,甚至有士兵靠着大树,打起瞌睡来。

一个元军将领望见林中的炊烟哈哈大笑道:"寻找了半日不得见,没想到就在眼前!传令下去,列队前进!"

说着,自己一马当先,往树林拍马杀去。

张弘正大军长驱而来,前面骑兵、后面步兵,呼啸而来。

文天祥所部见元军大肆压来,气势惊人,急切间不知道如何迎战。

张弘正挥了挥手,元军士兵立刻分散开,将宋军团团围住。张弘正于马上抱拳道:"可是文丞相吗?"

文天祥见元军动作迅速、人数数倍于宋军,又见自己的士兵衣衫褴褛、面色疲惫,甚至有人还盯着锅中的饭菜。于是,自言自语道:"孤军作战,真是无可奈何啊!"说着,掏出一颗龙脑,吞了下去,欲要自尽。

九、忠贞不屈

1. 崖山一线

祥兴二年(1279),战争终于到了最后阶段。张世杰等人原以为宋军既然有战船又长于水战,如果到海上去,必然还有一线生机。然而,元军的进攻并不受时节、地理的影响。还在正月里,元军就组织水军,大举进攻崖山。

作为汉族出身的将领张弘范面对即将到来的最终决战既紧张又兴奋。但是他知道,无论战局看起来多么有优势,将领都不可以轻敌,因此每日他都会事无巨细地过问军事。大帐中,另一位先锋官钦佩地望着发号施令的张弘范。因为这一支南征军共有两万人,其中汉人、蒙古人混合编制,军中矛盾不少。这位表情紧张的先锋官是张弘正,他一直牢记自己的哥哥张弘范任命他为先锋官时的告诫:"我是由于你的勇敢而选拔你当先锋,并非因为你是我弟弟。军法是严肃无情的,你处处要谨慎啊!"

张弘正确实也不负所托,沿海的漳、潮、惠、潭、广、琼诸州,相继告捷,更不用说生擒文天祥那一战了。

此时,他正在哥哥的大寨中,听见外面士兵的呼喊声,知道文

第九卷 崖山绝唱

天祥就要被押来,不由得生出几分自豪。

帐外元军士兵推搡着文天祥前行,许多士兵都用枪、矛等武器指向他,吓唬他。文天祥大义凛然地走到张弘范的营帐前。

一个蒙古士兵大声喝道:"跪下!"

文天祥冷哼一声,纹丝不动。

那士兵又喝一声:"俘虏,跪下!"说着,往前使劲一推。

文天祥被推得一个趔趄,待脚步稳定后,他环顾四周,淡淡地说:"文天祥的膝盖,怎么能跪你们这些给异族做事的汉人?真是可笑!"

张弘范亦笑道:"身为俘虏,还不折腰吗?"

文天祥凛然道:"士人跪朝廷、百姓,被俘虏已经是蒙羞,怎么能再失去气节,我绝不下跪!"

张弘范深觉有趣,便道:"既如此,也就罢了!"说罢,亲自给文天祥松绑。

张弘正着急地喊了一声:"将军!"

张弘范摇摇手道:"无妨,文丞相无论在宋地还是在大元,都应该受到礼遇。"

张弘范既礼遇文天祥,又想在他面前显示自己的本事和威风,便将文天祥以战俘的身份软禁在元军船上。

当张弘范这支船队经过珠江口外零丁洋时,文天祥感触万端。他想到当年在赣州起兵时,曾路经惶恐滩,又看到眼前汪洋一片的零丁洋,心中感慨。当年兴义兵、与张世杰互为呼应,是何等豪迈,而如今,却落到如此下场。

张弘范来见文天祥,笑道:"文丞相自上了我的船,便不进饭食,这可不好。"说着摇摇头道,"这么下去,耽误的可是自己的身体

九、忠贞不屈

啊！丞相若是还担忧宋廷,我倒是可以给你一个一了百了的解脱之法!"

"什么办法?"

"呵呵,文丞相若是劝降了张世杰,宋廷便从此消失了,那么文丞相不也没有牵挂了吗?"

文天祥久久不语。张弘范见状,便令人送来纸笔。

张弘范走后,文天祥自语道:"败军之俘虏,就要受到如此屈辱啊。"心中不郁之气久久不散,便作了一首诗:"辛苦遭逢起一经,干戈寥落四周星。山河破碎风飘絮,身世浮沉雨打萍。惶恐滩头说惶恐,零丁洋里叹零丁。人生自古谁无死?留取丹心照汗青。"这就是流传千古的《过零丁洋》。

张弘范所率军队两万人,此时宋军兵力号称二十万人。

张弘范所率军队乃是善战之师,后来又增加了李恒的兵力十余万人;而宋军中十数万人为文官、宫女、太监和其他非战斗人员。

两军对垒于珠江口。自文天祥被俘虏后,元军基本上荡平了宋军的岸上势力。宋军最大的一支主力,也是唯一还有能力与元军作战的,就是海上张世杰的队伍了,赵昺就在其中。

此时,张世杰的队伍占据着港口的一些城镇,当地百姓为了表示自己对宋祚的维护,自发响应陆秀夫等人的号召,很快为小皇帝建立了简单的宫殿、房屋等。

元军压境之时,宋军正在珠江口休整。得到消息,诸人议论纷纷。

自江万载死后,张世杰就成为宋军的元帅。众人议事之时,苏刘义向张世杰建议道:"元军占尽陆地优势,却只有少量战船,而我方战船数倍于元军。既然如此,我们可以先占领海湾出口,护卫向

第九卷　崖山绝唱

西撤退的路线。"

张世杰沉吟不语，不知道苏刘义的建议是否可取。

其他人有说要决一死战的，有说要继续逃亡的，却没有一个人提出实际可行的建议。这时候，有小将进来报告："禀元帅！属下抓到逃兵，请求军法处置！"

张世杰一愣，心中疑惑，便询问道："逃兵按律处置便是，为何上报？"

小将道："禀元帅！自泉州以来，便有逃兵。最近逃兵的数目甚多，几乎每个营帐都有逃走的士兵。下官不知这么多人是否一一按军法处置，特来禀告将军。"

张世杰大怒道："传令，焚烧陆地上的房屋、宫殿，全军退到海上去，吾将以全军与元军决一死战！"为了防止士兵逃亡，他又下令将一千多艘船只以"连环船"的形式连在海湾内，并且把赵昺的"龙舟"置于船队中间。

宋军全部退到海上，只余下陆地上的废墟。港口的百姓见家国尽毁，悲愤道："蒙古人害得我们没有了家。我们一定要追随张世杰元帅，誓不为元人做事！"于是无论男女老幼皆追随张世杰而来。张世杰见状，自以为得人心，于是将他们全部接纳到大船上。

张弘范遥遥看见宋军退居海上，便哈哈大笑，对文天祥说："看看，大好河山让给我大元了！"

文天祥双眼含泪，心酸不已。

张弘范道："传令全军前进，于港口前扎营。"

宋军在海上的"连环船"设置完毕，元军也建立了新的营地，并获得了出海口。

张弘范再观宋军行动，又一次哈哈大笑起来，对文天祥道："看

九、忠贞不屈

来张世杰是从来没有读过《三国》，竟然用这'连环船'，哈哈！我必将用火攻之！"

文天祥见铁锁连环船，亦大惊，心想：不知谁为张将军出此下下策！面上却不昂露出来，只是淡淡道："兵法之道，本来就是虚虚实实！"

张弘范一愣，没有想到，文天祥竟然接了他的话。他恍然大悟道："不错不错，我不能掉以轻心啊。"

文天祥见张弘范忽然警觉起来，心中后悔，于是更少说话了。

次日巳时，港口起风。张弘范见北风起了，心中甚喜，暗道："天助我也！"于是下令小船载茅草和膏脂等易燃物品，乘风纵火冲向宋船。

宋军见状，却不惊慌，原来，早在实施"连环船"计策之时，张世杰便考虑到元军火攻的可能性，已令人将宋船涂满胶泥，并在每艘船上横放一根长木以作防御。

宋船涂满胶泥，元军火船无法将其引燃，只好无功而返。宋军将领见火船来了又走，都松了一口气。

张弘范见火船无功而返，便问了详细情况。

一元兵道："宋船以铁索连在一起，坚固似是平地，周围没有破绽，且外围船只涂满了胶泥，火船靠近了也引燃不了，因此无功而返。"

张弘范道："火攻不成，你们诸人可曾遇到宋军袭击？"

"不曾。"

张弘范对身侧的张弘正说："这么看来，宋军竟然全部退到海上去了。"

张弘正道："那港口普通百姓也退到海上了，说是绝不抛弃宋廷呢。"

张弘范道:"宋船上,不论军民,都是敌人。既然港口已经空了,那我们正好以水师封锁海湾,断了宋军的补给!"

2. 最后的战役

当时,苏刘义等人也曾经劝说张世杰,不可不留后路。

张世杰听从了他的建议,在零丁洋西南方找到了一些岛屿,暗暗计算淡水用量后,才撤退到了海上。然而没有料到的是,海上天气瞬息万变,一次风暴,便造成了海水倒灌入岛;又因为港口百姓上船之后,不懂作战,却占用了很大一部分资源。宋军的淡水供应越来越少,以至于十多日后,终于有人取海水饮用。

每日,都有忍耐不了干渴而饮用海水的宋军士兵,扶着大船的边缘呕吐,一直吐到面色发黄,干渴不已,最后又忍不住饮用海水。

张世杰终于忍耐不住了,他知道如果再这样耗下去,宋军只会被拖垮。张世杰召来苏刘义、方兴、张全等人,对他们说:"元军逼人太甚,我们已经没有退路了,看来只好迎战了。"

苏刘义等人面面相觑,道:"敌人乘着士气而来,我军此时疲惫,恐怕不是出战的好时机啊。"

张世杰道:"我岂能不知道这一点!只是现在不出战,我军只会越拖越垮,只好背水一战了!"

众人都想不出更好的办法,于是最终还是听从了张世杰的命令,正面迎战元军。

张世杰便调集军中尚有战斗力的士兵,组成了一支先锋船队打头阵,由自己的外甥韩胜率领。

双方水军会面,元军一方由张弘范亲自率领。韩胜见对方大

九、忠贞不屈

将气势威武,心里先胆怯了起来。

韩胜实战经历并不多,此时站在将船之上,刚出发时的豪情已经消耗了大半。明明自己的船只比对方的坚固、自己的士兵比对方的更善于水战,可是不知道为什么,他看到元军时,突然不知道该怎么应对。旁边的小将着急地提醒道:"请将军发号!"

韩胜定了定神,下令道:"各船队听令,按照事先安排的,包抄作战!"

宋船呈左右包抄之势向元军的船只碾压而去,船上的弓箭手也做好了准备。然而元军的船只虽然小,却十分灵活,反而把宋船冲击得有些零落。原来,张弘范从祖辈开始就掌握水上作战的一些经验。大船冲击力大、承载的士兵多、攻击力也强,唯一的缺点就是机动性不足。所以,他用灵活的小船穿插行动,果然冲散了大船的队形。宋军体力不支难以久战,很快就迟缓起来,于是韩胜被元军所擒。

张弘范见宋军主将被擒住,便不再追击,得知韩胜是张世杰的外甥,便对韩胜说:"你的舅舅如此看重你,竟然让你做了先锋。不知道他是不是真的看重你呢?"随后,张弘范以此为威胁,三次招降张世杰。劝降书送到张世杰处,张世杰道:"要降早降了,事已至此,唯有战斗到底!"因此不予回应,招降之事便没有了结果。

张弘范决定主动攻击宋军。

李恒建议道:"宋军'连环船',不用火攻,实在是可惜!既然他们的战船外侧涂满胶泥,我们不如以火炮攻击其中间,必定会引燃他们的大船!"

张弘范道:"李将军说得有理,只是过早使用火炮进攻,打乱宋

第九卷　崖山绝唱

军的一字阵型,会令其容易撤退。今日我军十万人已经会合,不如就分兵围之,以火攻为辅助。虽我军人数似乎不足,但是宋军中无用的宫人、百姓居多,不足为惧!"

于是,张弘范将其军分成四部分,在宋军的东、南、北三面各驻一军,张弘范率领一军与宋军对峙。

当日,李恒率先领兵出战,从北边攻击宋军。北边有浅滩,李恒便以当地人为向导,询问当地潮水涨落。原来,靠近海边的地方,潮汐的涨落以一个月为轮回之期,在一个月内,每日情况都不同。李恒得知,此地明日涨潮将在黎明,而退潮则在午时前。李恒心中计算,暗自道:"天佑!"

第二日天刚蒙蒙亮,宋军的哨兵就发现,西北方向的江面上船影重重,似乎破雾而来!

"蒙古军来了!"士兵嘴里呼喊着,脚下不停,一阵风似的向中军战船奔去。

"不必惊慌!"张世杰厉声道,"我们日夜守卫,等的不就是这一天吗?拿出气势来,全力迎战!"说着,张世杰率先大跨步出去,竟是要自己领兵而去。

当时苏刘义、方兴、张全等人皆在,众人正要随张世杰而去,身后传来一声"诸位将军且慢!"

众人回头,原来是陆秀夫。

陆秀夫道:"诸位都去迎战了,唯恐元军偷袭后军!请各位将军分守各处,各司其职。"

王德道:"战时,更要增加皇帝身边的护卫!"

张世杰见状,便令苏刘义、张全分守其他地方,自己与方兴率兵迎敌去了。

九、忠贞不屈

陆秀夫与王德等人心中稍安,礼部侍郎邓光荐道:"皇上在中军之中,虽然守卫最严格,却不得不重视!"

王德道:"正是如此,这是宋氏嫡系的唯一血脉了!说到这里,我有一件事。早先听闻张世杰大人已经派最好的战船十余艘独立编队,想来是为了护卫皇帝。然而多日以来,又不曾告诉我,不知是何道理?"

陆秀夫吃了一惊,道:"此事全交给我,王都知不必担心。"

王德道:"太皇太后叫我保护宋廷这一点香火,我怎么能不用心!"

说罢,几人望向主座中的杨太后。只见杨太后面容忧郁,向诸位臣子颔首道:"哀家见识浅薄,全赖各位大人扶持。"

邓光荐心中暗道:这位杨太后虽然守礼,然而全无见识,同是妇人,比起太皇太后真是差远了!

陆秀夫已经将小朝廷的政事、二王的故事记录成书,此时,他对邓光荐说:"我身为言官、礼官,机宜文字多年。此书不仅是一本起居注,还包括了宋廷近年来的教训,乃是我这数年来的心血!若你侥幸不死,就把书传出去,待大宋汉室光复那一日,这书便可重见天日,为汉室江山世世代代所传承!"

听到好友兼知己的这一番话,邓光荐心中豪情陡然升起,道:"君实,你不但是我的好友,也是我的老师啊!今日我邓光荐在此立誓,若能逃脱生还,必然将宋廷的事迹流传出去!"

崖山之战的时候,邓光荐于战火中扮成百姓,将那本书贴身藏着,最后带回了庐陵。后来元朝统治稳固,邓光荐见光复无望,便把这书交给了岭南地区的宋室后人,此是后话。

第九卷　崖山绝唱

李恒的水军乘着涨潮而来。

张世杰于船头对方兴说:"元军俘获了不少匠人,竟然会造船了!"

方兴恨恨道:"这些人,投降便投降了,怎能又去为元人做事!"

张世杰遥望着对方的战船,一边下令摆开雁形阵,一边对方兴道:"小老百姓,所求不过箪食瓢饮,哪能苛求这么多!"

方兴道:"升斗之民,心中也应该有大义。"

张世杰道:"不错,正是如此!所以有些事明知不可为也要为之,就是因为我们懂大义。"

战旗挥舞,双方战船交战。张世杰方虽然被动,却以逸待劳,李恒水军虽然精锐,但在水战上仍然显出怯意,双方陷入胶着。

张世杰拉弓射箭,乘间隙偷望太阳,心想:午时将至,待潮水落去,你等还不是瓮中之鳖!

那边,李恒亦在观察日头。有心腹来报:"将军,快午时了!"

李恒道:"下令,撤退!"

于是元军鸣金收兵。

宋军见状,以为自己击退了来犯元军,大声欢呼。

张世杰心中冷哼道:"还算有点见识!真是可惜了,不然非得叫你等搁浅不可!"

张世杰、方兴等人回到中军,众人道贺,但是陆秀夫却说:"不可松懈,须知我们的境地尚且没有改善!"

李恒撤回岸边,便径自往张弘范处去。见了张弘范,便道:"幸不辱命!"

原来,李恒故意败退是张弘范所实施的骄兵之计。

张弘范道:"你说宋军虽然斗志尚可,但是面有菜色,所以必然

九、忠贞不屈

不能久战?"

李恒自信道:"正是如此!"

张弘范双目炯炯,道:"既不能久战,我们便也不给他们久战的机会,一鼓作气,消灭宋军!"

说罢,张弘范想起一事,便传令:"请文天祥丞相坐于高台观战!"

正午时分,张弘范的水师全面进发,从东、南、北三个方向大举进攻而来。

小将来报时,众人正在议论战事,谁也没有想到元军会在这么短的时间内再一次大举进攻。

众人一时间有些手足无措,杨太后竟然从座位上跌了下来。

张世杰再一次站了出来,道:"不要慌!我军早已调配得当,必能守住中军。我军不是刚刚胜了一场吗?正好乘胜再战!"

张全、苏刘义等人暗自叫苦,宋军士卒哪里有连番作战的能耐!

苏刘义道:"不如选精兵一支,往西南而去,或可突围,可保朝廷香火!"

王德正要赞好,张世杰却大声道:"逃到此处,已经是逃无可逃,怎能不应战?"

张全亦道:"并非不应战,只求分兵,一路作战,一路护送皇上往西而去。"

张世杰道:"此次已经是背水一战,皇上正应居于中军,扬我军士气!况且,这已经是最后一支军,再分兵,岂不是坐等受死!"

王德等人大急,然而张世杰认定必须正面迎战,众人僵持。

第九卷 崖山绝唱

陆秀夫见军情紧急,大叫:"大家且听我一言,时间紧迫,张元帅在此调配,大家唯有一心,不可再起分歧!"

于是众人领命而去,守护各处。

张弘范大军这次铆足了劲头,战船、楼船尽出;战船在前,楼船以大布蒙着,在后。

眼见有诈,苏刘义连忙传令:"不可直接攻击,只可迂回。"然而命令尚未执行,元军船队桨、橹、帆、轮齐发,顷刻间便冲到了宋军的船队里。大布撤去,元军船上箭雨居高临下而来,宋军勉强靠近元船跳帮。

苏刘义以迂回之势勉强挡住元军,而张世杰则以火炮攻击对方楼船,楼船高大,目标明显,一时间也受到了阻滞。

就在苏刘义、张世杰两处有效阻挡元军的时候,张全却没有这般好运。凭着一股勇气和忠心,张全留在宋廷,可是他既没有提前发现对方的埋伏以做出反应,也没有张世杰那样的火炮作为强力武器。

张全所率船队接连受创:船上士兵中箭、溺水而亡者不计其数,连续有七艘战船被元军大船撞破!剩下的士兵都被近身作战所缠住。连张全自己,也已经投入了近身肉搏战。眼看手下士兵越来越少了,张全心中悲怆不已,暗自道:"自平江战后,我已经多活两年,今日命丧在此,乃是死得其所!"

张全力竭而亡。

这一路宋军大败,元军长驱直入,来到中军。

张世杰、苏刘义二人见背后受敌,得知元军已经进入中军,大为震惊。

方兴见己方战船回来,却没有挂帆,亦大惊道:"张将军难道投

九、忠贞不屈

降了吗?"

王德急问:"此是何言?"

方兴道:"凡是水战,若有一方解下帆布,便是投降了!"

王德急道:"恐怕并非如此,我见船上都是元军模样!"

方兴悲痛道:"张全将军已经殉国了! 我当出全力,以效朝廷!"

3. 死亡的意义

当时,陆秀夫见皇帝所在的船已经处于危险之中,便抱着小皇帝自中军而出,希望找到安全的退居之地。王德见状,则道:"陆大人请护皇帝遁去,我将与方大人为你断后!"

陆秀夫热泪盈眶道:"好,我去了!"说着,抱着小皇帝遁去。

杨太后不见小皇帝,慌忙寻找,却无意中撞见了张世杰。原来张世杰见中军已破,知道这"连环船"此时已经成了累赘,便令人砍断铁索,并抽调精兵,往中军寻找宋室子弟的下落。见到杨太后,张世杰急忙问道:"太后,皇帝哪里去了?"

"哀家只见陆大人护着我儿往南边去了。"

"既然如此,我们也掉头往南,护着您寻找皇帝吧。"

此刻海面上一片混乱,海水也被染成了红色。

苏刘义遥观战局,见中军已破,知道大势不可挽回,长叹不止,便下令心腹士兵准备快船,自己带着两百余人往东边海上的小岛躲去,逃出了元军的包围圈。

陆秀夫带着小皇帝来到南边,发现南边也已经尽数被元军包围。陆秀夫知道最后的时刻来了,对一直随在军中的妻儿道:"国

第九卷　崖山绝唱

将灭,就没有我们的家了!"妻子连连呼唤陆秀夫的名字,陆秀夫咬紧牙关,对妻子说:"你先走一步,我随后就来,来生必定报答你!"说着将妻儿推入海中!

旁边的小皇帝惊呆了,下意识地往周围看,再也没有发现王德的身影。天快黑了,他害怕,想哭,但是又不敢。

陆秀夫跪地,温和地说:"陛下,您身为宋主,只能为国而死,绝不可以身受辱。陛下不要怕,下官将陪你一起。"

小皇帝说不出话来,陆秀夫便背负着皇帝,一跃而入海中!船上诸人见状,大哭不止,有人喊道:"投降了也是死,不如自尽!"说着也跳入海中。

于是众人纷纷效仿,这十万余人,竟纷纷跳海。

这一战,直到入夜才结束。张弘范见己方大胜,心中觉得痛快不已。李恒见海上风起,便建议道:"大风已起,恐怕有暴雨,咱们已经胜了,可以收兵了!"

张弘范大手一挥,宣布收兵。回到主帐,果然暴雨落了下来,张弘正兴奋地对张弘范说:"这么大的雨,那些海上的宋军逃兵不用追赶,怕是也没有活路了!"

正说着,文天祥被带了进来,元军没有替他打伞,文天祥浑身又湿又冷。

张弘范问道:"文丞相观战,可有心得?"

文天祥正气凛然,怒视而不语。

苏刘义等人逃亡之后,化作当地渔民隐姓埋名又有两年,后来下南洋去了。而张世杰,当日救了杨太后之后,一直往南行船,却没有找到陆秀夫的船。等消息传来,张世杰才明白,自己的船是快船,早已超越龙舟把皇帝远远抛在后面了!

九、忠贞不屈

张世杰等人停泊在小岛上。张世杰问杨太后:"若是找到皇帝,有何打算?"

杨太后道:"哀家一介女流,请将军主事。"

张世杰于是对杨太后说:"太后请节哀,皇帝与陆大人等不知所踪,恐怕已经殉国!"

杨太后闻言,跌坐在地上,大声号哭:"我的儿!"

张世杰耐心劝道:"太后请听我一言!皇帝虽死,然而宋室仍然有后人。为今之计,只有您以太后的名义再寻找赵氏后人,以图再举!"

杨太后只觉得了无生机,口中喃喃道:"我的儿子啊!是谁害了你!"

张世杰道:"皇上若是殉国,乃是死得其所,令人敬仰!"

当夜,风雨大作,杨太后便于疾风骤雨中投海而死。杨太后死后,逃兵更多了。当时狂风大作,有人建议张世杰往占城而去。张世杰说:"不必了。我为赵氏,能做的事都做尽了,一君亡,又立一君,现在又亡。我还没有死的原因是希望敌兵退,再另立赵氏以存祀啊。现在到了这个地步,莫非天意!"

狂风既来,张世杰不躲不避,亦在大风雨中溺亡于平章山下。

4. 劝降

天色晴蓝,万里无云。元大都的天空,高远深邃。

文天祥在将要被押解进元大都的时候,突然获得了相对的自由——他被允许解除脚镣,还可以坐在马车里。绝食八日而不得死,他已经放弃绝食,因为他相信,一个人想要死亡,一定有很多方法。他畏惧死亡吗?也不见得,从他奉诏带兵勤王的那一天起,他

第九卷　崖山绝唱

不就已经说服自己将生死置之度外了吗？文天祥自己也不知道在想些什么，脑子里塞满了各种画面：同僚的鲜血、外族的羞辱、家人的离别……然而他又觉得自己的脑子极度空乏，再也不能思考分毫。

当雁群飞过天际，他甚至在想，难道是这广阔的天空和辽阔的草原才造就了这么彪悍的民族吗？

大都的皇宫高大宏伟，远不像江南的建筑那样精巧。忽必烈站在一处高台上，远远地俯视着自己的臣民。他挥一挥手，便有内侍躬身向前听候吩咐。

忽必烈问："今日便是俘虏入京的日子了吗？"

内侍稍微侧身道："回陛下的话，正是今日入京。"

"文天祥也在其中？"

"回陛下，我军将俘虏分批押入大都，文天祥应当是在今日的这批人当中。"

忽必烈微微皱眉道："应当？"

伯颜见此情状，便行礼道："文天祥既然到了大都，不知陛下打算如何处置此人？"

忽必烈目视伯颜，脸色稍微有所缓和，道："如何处置？传令下去，安排一处馆舍，令干净小童照料。"

此言一出，众臣子皆哗然。

忽必烈转身逐级而下，边走边说："等等，令干净少女服侍，不许他外出，但是，不要阻拦外人的拜访。"

有人小声地嘲讽说："哼，拜访？一个阶下囚，这境地，还能有谁去拜访他？"

九、忠贞不屈

伯颜道:"文天祥以文人之身,被我蒙古士兵俘虏来,却刚而不折,可见硬来是不行的。陛下不约束他的朋友来访,或可感化那文天祥也未可知。"

仍然有人反驳道:"感化他作甚!咱们的马蹄踏过的地方,便是咱们的牧场!若每个人都如此对待,太不痛快了!"

伯颜道:"此人名声很大,不可以轻易处决他,不然得不到南人的心,不利于我大元的统治!"

一年轻将领在后面嘀咕:"难道陛下真的要那文天祥做咱们的丞相不成?"

伯颜听到,悄悄看向忽必烈。忽必烈突然问道:"伯颜,你以为,朕会不会让文天祥做咱们的官?"

伯颜突然想起自己现在的官职,立刻叉手行礼道:"皇上自有论断,臣下不敢妄言。"

忽必烈见状,笑道:"那文氏生逢乱世,才成就一番名声,其实名过其实。难道他比我的伯颜丞相还要有本事不成?"忽必烈轻哼一声,又道,"大宋最终成为我蒙古人的手下败将。"

伯颜答道:"以汉人的官员、汉族的方法统治中原,能使中原乃至于江南地方稳固。"

忽必烈哈哈大笑:"伯颜竟然起了惺惺相惜之心吗?"

文天祥感觉到马车转了个弯,于是抬眼往外看。这一辆马车和跟车的数人已经脱离大队,单独往另一个方向而去。文天祥知道这批俘虏远远不止他一人,那么他要被单独处置了吗?其他的人又被带往哪里去了呢?文天祥心想,自己马上就要迎来人生的结局了,结果无非生与死而已。苟且活着,文天祥是坚决不愿的,那样的活法又有什么意义？死倒是不惧怕,可是若无声无息地死去,未免也太不甘心了。

文天祥轻轻地问道:"这是要去哪儿呢？其他人在哪里?"文天祥自嘲:自己不过是国破家亡的阶下囚,还能指望对方以礼相待不成。

马车沿着一条小路径直来到一处干净的馆舍前,拆去门槛,马车直接停到了院子里,文天祥便下了车。这么久以来,他第一次活动腿脚,然而没有人搀扶,他的腿似乎无法走路,只能勉强维持着站姿。

正堂转出两名面容姣好的少女、两名眉目清秀的小厮,看上去不过都是十五六岁的年纪。稍微年长的一名少女浓眉大眼,颇有些飒爽之气,想来是在蒙古草原上长大的女孩,文天祥不禁想起了华训。这少女居然对着文天祥磕磕绊绊地福身行礼,行礼毕,自己先笑了起来:"刚刚学会汉人的礼节,还不熟练,惹得文丞相见笑了。奴婢阿吉,见过丞相。"

随后几人纷纷向文天祥行着汉人的礼节,道:"奴婢阿祥、小人阿福、小人阿寿,见过文丞相。"

文天祥尚未反应过来,下意识地便想要开口说"请起",却张口嘶哑,原来长久没有开口说话,食物饮水不足,又兼一路风霜的缘故,嗓子干涩疼痛,竟然已经发不出声音来。

"陛下有令,把此人照看好了,不得松懈!"送文天祥来的军士严厉地吩咐道。

待军士一走,阿吉似是松了一口气,微笑着轻拍了一下自己的胸口,回头看了一眼名为阿祥的少女,那少女便与阿吉一起搀扶住文天祥,并且善解人意地说道:"文丞相一路辛苦了,还请先坐下歇

九、忠贞不屈

息喝茶,好好缓一缓身子才是。"

阿吉一边扶住文天祥的另一只胳膊,一边侧头对两名小厮吩咐:"还不去将热水、食物备好!"

文天祥此时如在雾里一般,预料中的酷刑不但没有出现,反而来了两个美丽的少女,还有精致的馆舍。这是何意?这又是谁的主意呢?

两名侍婢将文天祥扶至榻上,小厮端来热水,阿吉便为文天祥除去鞋袜,把他的双脚放入水盆中,水中隐约有药香味。

阿祥则从桌子上端来茶水,柔声道:"文丞相,快润润嗓子!饭食正在准备,先生先润了嗓子,再进些小食,方才不伤肠胃。"

阿吉巧笑地说:"文丞相一路如此辛苦,必然腿脚疲乏,奴婢学得按摩之法,待奴婢为先生解乏。"说着便为他细细地揉捏起来。

这些年的奔波,让他忘记了自己也曾经是注重养生的人,一切恍如隔世。

饮下一口茶水,文天祥沙哑地说:"吾乃家国俱亡之人,国都没有了,何来的丞相呢?可笑可笑!"

阿祥柔声道:"文丞相心怀天下,又有治世之才、名声高洁,咱们蒙古草原上的女孩也曾听说过文丞相的事迹,实在是令人崇敬呢!"

文天祥苦笑道:"已是败军之将,何来事迹之说?"

阿吉仰头道:"咱们可是早就听说了文丞相的,常想着要是咱们蒙古也有这等气概的男儿就好了!"

文天祥缓慢地、一小口一小口地喝完了一盏茶水,终于可以清晰地讲出一句话:"不要叫我文丞相,此地已无文丞相了,叫我文先

第九卷 崖山绝唱

生吧。"

文天祥疲惫地闭上了双眼,斜倚在榻上。阿祥将点心小食放在屋内圆桌上,并用纱罩盖住,阿吉仔细为文天祥捏完了腿脚,唤来小厮将水盆端走。阿祥点燃一支檀香,阿吉则为文天祥盖上被子。随后两个婢女悄悄退了出去并掩上门。

文天祥睁开眼睛,心乱如麻,不知今夕何夕。

如此过了数日,文天祥自觉精神恢复了些。这一日,文天祥正在窗前不知道想些什么,忽然见得眼前落下几点柳絮。文天祥抬眼往上看,只见灰扑扑的云层叠满天际,大朵大朵的雪花落了下来。见此情景,文天祥忽然想起少时临窗而读的情状。那时年少,屋内火炉红袖,屋外雪花红梅,曾设想他日指点江山、挥斥方道,何曾料想到自己有一日竟然做了亡国之臣。忆起往事,文天祥忽然闻到一股梅香传来,那梅香夹着雪花的冷气,令他精神稍微振奋了一点。于是他起身,沿着长廊和侧面甬道,慢悠悠地往后园走去。

阿吉见文天祥眉头时蹙时展,便时刻注意着他的动静。见他站起来往后园去,便跟在身后。文天祥果然在梅树前站定,那却是一株蜡梅,没有红梅的姿态,但是有着最醇厚的香味。

"蜡梅,蜡梅。"文天祥站在树下,喃喃自语。

阿吉道:"这蜡梅的香味最沁人心脾,但是在雪中赏来却别有一番滋味,先生于雪中循着梅香而来,可以称为踏雪寻梅了。"

踏雪寻梅,踏的是雪地,寻的是红梅。这蜡梅香则香矣,却无甚艳丽的姿态。文天祥想道,果然还是北地脂粉,怎么能懂得踏雪寻梅的真意呢,真是乱用典故。

阿吉见逗笑了文天祥,仿佛受到鼓舞一般,笑容更盛,道:"先生,这第一茬地里的蜡梅若是开在冬雪里,还有一个称呼叫作'冷

九、忠贞不屈

梅香',意思是这香味既有梅的好香味,又有雪的清冷气质,又因为蜡梅开在一年中最冷的日子里,不惧冰雪,因此'冷梅香'又取其冷傲之意呢!"

"哈哈哈,好个冷梅香!"院外突然传来一个男人的大笑声,阿吉一惊,忙低了头,站在文天祥身后。

屋角转出一个人来,这个人长了一副典型的汉人样貌,却是蒙古人的打扮,戴着一顶耳帽。在文天祥看来,这样子不伦不类。

那人走到文天祥跟前,施了一礼道:"见过文丞相。"

文天祥定睛看了此人,眼里几乎喷出火来。他最恨的不是举兵南下的蒙古人,却是这些将矛头转向自己人的叛臣。

"留梦炎!你来做什么?"

当年临安危难之时,留梦炎弃官而逃,降元了。

原来受忽必烈之命,留梦炎来劝降文天祥。以他对文天祥的了解,他可以预料到这次劝降必然是无果而返,然而上命难违,只得走一趟。

"多年不见宋瑞,听闻先生已至大都,特来拜访。"

文天祥一甩袖子,背向留梦炎道:"自从你降了元,我们便再无交情可言,何来拜访之理?"

留梦炎道:"当年也曾与宋瑞煮酒论史,为何今日再相见,你却如此不近人情呢?"

文天祥字字清晰地回道:"当年你也曾为大宋臣子,今日既臣服于异族,又有何颜面提起当年呢?"

留梦炎面红耳赤,他虽有文才和辩才,然而在面对文天祥的时候,却辩无可辩,却只得硬着头皮道:"蝼蚁尚且偷生,身为人子,敢不爱惜自己而取生路乎?"

第九卷　崖山绝唱

文天祥冷笑道："吾大宋小儿尚知伦理，我不与你作无谓之辩！"

留梦炎道："宋瑞，你既然身为丞相，且智谋皆在我之上，又何必将自己置于绝境中呢？"

文天祥大笑道："丞相？哈哈，国之不存，哪里还有文丞相？"

留梦炎见话语中似乎是有了机会，连忙急急地道："只要宋瑞愿意，文丞相还是有的！元帝令我今日来，特意告知，若是宋瑞愿意降元，丞相之位虚位以待……"留梦炎一口气将来意说明。

文天祥大怒，手指门外，面上因愤怒而涨红起来道："滚！滚！"

留梦炎讪讪道："宋瑞好大气性……"说着，抱头鼠窜而去。

与此同时，南昌。

文天祥的前任幕僚王应梅在一处整洁的客栈中临窗而坐。窗前有几，王应梅双袖高高挽起，抿嘴蹙眉，表情严肃，右手执笔，正在奋笔疾书。那纸张的最右边赫然写着六个大字："生祭文丞相文。"王应梅一边书写着，一边眼含热泪。待他将这一篇文字写完，忽听得门外有动静。回头看时，一红衫女子破门而入，眉目含怒，面有疲色，正是华训。见王应梅在窗前还在写那劳什子，不由得双目喷火，怒上心来。二话不说，上前挥手便打。

华训面若冰霜，冷冷地咬牙问道："我问你！'丞相再执，就义未闻，慷慨之见，固难测识'哼，是你写的吗？"

王应梅见华训是为此事，自豪地说："不错，正是在下所作。丞相若生，实在是难以再建大功业，不如就义，为我大宋忠义的标榜，死亦为鬼雄矣！"

华训心中大痛，缓缓地转过身来，已是泪眼盈盈，对楚宁道：

九、忠贞不屈

"师兄,先生被俘虏不久,王应梅便作生祭文,是何道理?现在张贴得到处都是,此文既已经流传,先生如何还有活路呢?"

楚宁何曾见过她如此哀伤、悲痛,当下心痛无比。暗暗寻思一番,于是柔声劝道:"听闻赣州码头,王应梅曾在文丞相舟马转乘之时当面拜祭,丞相虽有感动但却并没有立时就义。想必丞相自有打算,或拒或降,未必没有第三条路。"

华训闻言,眼眸中渐渐恢复了一些神采,回身握住楚宁的手,诚恳地问道:"师兄,你有办法吗?"

楚宁心里也是又酸又暖,然而终究不忍心师妹终日戚戚,当下便道:"听闻忽必烈只将文丞相软禁,并且不拘来访者。说不定你担心的事情尚且有转机。我们不日便起程去大都一趟如何?去向文丞相告诉一个好消息。"

华训急忙问道:"什么好消息?"

楚宁看了一眼王应梅,附在华训耳边耳语了几句。

华训听到这几句,几乎雀跃起来,声音也轻快了不少,道:"真是好消息!师兄果然有本事,先生闻得此事,必然欢喜。"说着像小时候那样摇了摇楚宁的袖子。

华训和楚宁一路北上,不日便到达了大都。打听到馆舍所在,华训立时便要见文天祥。

到了院门外,华训反而踌躇起来。定了定神,向守门军士报了姓名,二人便要入内。

不料刚过门房,便听到堂屋传来一阵嘶哑低沉的喝止声:"南朝宰相见北朝宰相,怎能下跪!"

二人吓了一跳,对视一眼,忙止住脚步。

原来,文天祥被捕后,元主忽必烈因其名声过大,起了爱才之心,并不愿意杀他。当时伯颜正好与文天祥多次打交道,颇为钦佩其文才胆略,便起了惺惺相惜之心,于是向忽必烈建言说:若杀文天祥,恐怕激起南人反抗之心,又为后世留下元主暴虐不惜才的名声,实在是犯不着。现在真正的千里马来了,岂能不慎重对待?若能感化文天祥,令他为大元效劳,给他高官又有何妨呢?不如令人劝降,使他归顺大元,实为上策。

忽必烈本来就未动杀意,于是便欣然听从了伯颜的建议,先令留梦炎去劝降,盖因留梦炎与文天祥既有文人相交的往来,又有同僚的情谊。留梦炎了解文天祥的脾性,知道此事必然不可成,却不敢说出来,接了命令,草草劝降一番,又草草而去,实在是为了有个交代。于是忽必烈又令瀛国公赵㬎前去。赵㬎时年只有九岁,对故国都没有什么记忆了,又怎么能劝降文天祥呢?赵㬎刚一进入院子,文天祥便大拜而跪,痛哭流涕,泣不成声道:"陛下请回,陛下请回啊!"于是赵㬎不知所措地很快离去了。忽必烈的这一招又落空了。

这个时候,元朝权倾朝野的平章政事阿合马听说了文天祥拒降的事情,于是便主动要求前来劝降文天祥。

阿合马带着数名随从,身着官服便来到了文天祥的馆舍。他见文天祥一副文人模样,心下便先有些看轻,于是径直往堂前主位上坐下。

文天祥见来人未语先怒,气势汹汹,不施礼节,便知来者不是善茬儿,也不知忽必烈又想了什么法子来对待自己。

阿合马坐了一时,对文天祥注目了一盏茶时间,目中凶光仍未消除。他挥了挥手,旁边站出来一个随从,大声喝道:"丞相阿合马在此,堂下之人速速下跪!"

九、忠贞不屈

那人声如洪钟,阿吉、阿祥二婢女被吓得浑身一哆嗦,立时便跪了下来。

阿合马微微一哂,却见文天祥仍然是一副云淡风轻的样子,仿佛那声喝问与他无关。阿合马见他一副不动声色的模样,心中厌恶,于是一拍桌子道:"阶下囚,为何见了本丞相不下跪?做了俘虏还不知好歹吗!"说着站起来,往前一步逼近文天祥。

文天祥冷哼一声,喝道:"南朝宰相见北朝宰相,怎能下跪!"他声音虽然不大,因为所站之处靠近院子,正好被院中的华训、楚宁二人听了个清清楚楚。

华训心中情绪翻腾,便上前几步,想要掀帘而入,楚宁此时眼疾手快,看见堂中另有数人,便一把拉住华训,低声道:"不是时候!"

阿合马哈哈一笑,讽刺地说道:"哦,你如此有本事,又怎么会沦落到如此境地呢?"

文天祥脊背挺直,不卑不亢,昂首答道:"若我大宋早早便用我做宰相,尔等蒙古人绝对是没有机会踏足江南的,南方汉人也绝对不会到北方来!"

阿合马无言以对,他见过很多俘虏,却从来没有见过文天祥这样软硬不吃的,一下子也摸不准文天祥的软肋,不知道怎么样使他低头。他重整威严,环顾左右,冷哼道:你的生死都掌握在我手里。

没想到话没有说完,就被文天祥打断道:"亡国之人,要杀便杀,说什么由不由你!"

阿合马不由得怒从中来。他向来对南人无好颜色,此时更是凶神恶煞,当下便神情傲慢地道:"阶下囚似乎忘记了自己的处境!

第九卷 崖山绝唱

既然如此,那便让你好好享受享受阶下囚的滋味,哼!"说罢便拂袖而去。

楚宁和华训隐身在隔壁,将文天祥与阿合马二人的对话听了个清楚。

华训见阿合马离去,便迫不及待地从隔壁出来,步履匆匆往堂屋而去。

堂屋里,两个婢女仍跪着,文天祥背门而立,听见脚步声又来,头也不回地厉声道:"去而复返是要作甚!岂不知我心匪石,不能转也!"话音刚落,却听见背后一声哽咽的女声:"先生……"

文天祥此时似信非信,待回身时,先看到地上曼妙的影子,又看到一位红衫女子立在门框中,阳光投射在她身上。文天祥记得自己初见华训的时候,曾经赞叹:"江湖女儿,身着红装,真真是英姿飒爽,令普通闺阁女子望尘莫能及!"后来这位红装的女侠,留在自己身边,既是护卫,又是红颜知己,陪着自己经历了做官、罢官、练兵、战争。此时再见故人,恍如昨日。

华训疾步而入,仔细看文天祥,他果然须发全白、额前皱纹多于以前。华训只觉得一阵心酸,却不知道该说些什么好。

楚宁见此情状,轻轻咳嗽一声:"见过文丞相。"

文天祥道:"此时哪里还有丞相,你随着华训称呼我先生就好。"

文天祥至榻上坐下,阿吉与阿祥这时候才敢对视一眼,站起身来。文天祥挥手令她们退下,方问道:"你们为何来到此地?"

华训轻轻答道:"华训愿见先生一面。此前坊间多流传《生祭文丞相文》,先生可曾听闻?"

文天祥略略沉吟:"有所耳闻,此文乃王应梅所作。在赣州码

九、忠贞不屈

头之时,王应梅曾经冲破蒙军侍卫,为我生祭并诵读祭文,因此我也曾经听到几句。"

楚宁诧异道:"难道蒙古人没有将此祭文拿给丞相看么?还是说此文尚且没有流传至大都?"

文天祥笑道:"大概因为天下皆知,所以以为我也知道了,因此不曾特意拿来给我看。"

华训道:"我们路遇王应梅,他已在南昌,却还在到处抄写生祭文。哼,王应梅这么做,岂不是将大人架在火上,断人生路?"

文天祥默然,而后又问道:"你那里有祭文全文,可以拿来给我一看。"

华训于是便将纸张掏出来,为文天祥铺在榻前的桌几上。楚宁目视华训,知晓这篇生祭文,其实是一篇"劝死文",这时候给文天祥看了,若是文天祥看进去了,却不是真的令他速死吗?然而楚宁却没有阻止她的行为。

文天祥一目十行,看完了这篇文章,良久,赞道:"王应梅真是好文采!"

楚宁道:"此文虽然是王应梅所作,却不是他一人之意。"

"哦?"

"先生被俘虏的消息传开之后,便有野老聚集议论,甚是担忧先生的下落。众人皆说先生必然不肯折节。只恐大势一定,不知先生将如何自处,为防万一,故此决定为先生做生祭文。王应梅呼声既高,又素有文名,又曾为先生幕僚数年,于是众人便推举王应梅执笔。王应梅便欣然应允,这才有了生祭文。"

楚宁虽然说得隐晦,却将事情前因后果都交代了,文天祥也听明白了。大宋的遗民们实际上是将大宋最后虚幻的荣光系在自己

第九卷　崖山绝唱

的身上。文天祥虽然不惧死亡,然而此时被自己的故国子民劝死,心里仍然有说不出的滋味。

文天祥默然良久,说:"大宋尚在之时,大家都知道我是丞相,此时国破了,大宋遗民皆观我将如何死。我若不死,忠义何在?"

华训恨道:"天下人皆议论'忠义',不过是动动嘴巴! 有谁看重大人了!"

文天祥笑着说:"家国皆亡,一人身死何其轻哉!"

华训擦干眼泪道:"国虽亡,家尚在。"然后靠近文天祥,低声耳语一阵子。原来欧阳氏等家眷返回老家隐居时,很快便被元军遇到,没能逃出战乱。欧阳氏及诸位姬妾、儿女皆被冲散,下落不明。华训在文天祥耳边轻声说道:"栓儿已经找到,安全无虞。"犹豫了一下,又道,"空坑之役时,混乱严重,华训自脱身之后便四处寻找诸位夫人娘子的下落,却先与师兄会合了。这才听说,欧阳夫人和几位小夫人,还有柳娘、环娘,皆被元军捉住,押送大都了。我们刚入大都便悄悄打听此事,听说夫人和二位娘子现在在东宫中被罚做奴婢。"

室内寂然无声,楚宁仍然警惕地注意着四周。华训低声细语道:"我们得知夫人北上之后,便继续寻找其他几位娘子,还有栓儿。后来我们找到了颜小夫人和黄小夫人,原来二位夫人护着栓儿躲在河边的长草里,以草根为食。有人来问的时候,二位小夫人只对外说栓儿已经死于瘟疫,因此无人追杀,才得以逃脱,师兄已经托人安置妥当。"

栓儿是文天祥的小儿子。文天祥长子文道生生来聪颖却体弱,十三岁上便夭折了。欧阳氏便叹小儿慧极必伤,不是好兆头,于是禀了文天祥给小儿子文佛生起了个小名,叫做栓儿,意思是拴

九、忠贞不屈

住孩子的命魂。这个小名只在亲近人中呼唤,外人并不知道。

文天祥乃问:"其他家人不知道下落如何?"

华训道:"李璇儿跟随欧阳夫人,此时恐怕也在东宫之中。定娘、寿娘、奉娘下落仍然不明。"

楚宁似是想起来什么似的,问道:"未进门的时候,听见先生说'我心匪石,不可转也',莫非先生已经有了决断?"

文天祥叹道:"既然被俘,老夫是绝不会折节的。"

楚宁赞道:"不知道先生究竟有何打算呢?"

文天祥道:"一死虽然容易,岂不是死得太容易了些!"

楚宁见文天祥此时尚无死志,心中暗暗称奇。寻常人到了此等境地不是惊慌失措,就是一心等死而已。听文天祥话语中似乎另有打算。

楚宁当下试探道:"楚宁虽为江湖人,自忖不是无能之辈。先生若以身相托,楚宁愿与师妹为先生保全。"

文天祥大惊,他这番心思从没有和人说过,连李璇儿都没有猜到,为何楚宁言谈间便论及此事。

文天祥目视楚宁,缓缓道:"去年,战争形势不利。老夫一路南下之时,总是感慨我大宋的子民,竟然受此苦难……"说着咳嗽起来转入内室,出来的时候竟然拿出了数封信,隐秘地塞入楚宁的袖子里。

5. 坚强的心脏

当楚宁拿到信封的时候,便觉得不可久留,于是领着华训离开。

当晚又发生了一件事,令文天祥始料不及。

第九卷 崖山绝唱

夜晚已至,文天祥准备入睡之时,阿吉和阿祥忽然给文天祥跪下行大礼。文天祥心中诧异,以往与这些婢女相处并无不妥,为何此时她们突然跪起来了,于是便询问究竟。

两人抬起头来,露出了精心装扮的面容。阿祥娇声道:"阿吉与阿祥奉命来侍奉先生,却一直没有尽到责任。这是先生在馆舍的最后一夜,请允许我们对先生尽责。"

文天祥惊奇道:"尽什么责?"

阿吉看了看阿祥,心中叹了一口气,柔声道:"吾二人除了奉命而来,心中也确实仰慕先生,此番是来自荐枕席的。"说到最后,阿吉的脸红红的,声音也微弱了下来。

文天祥看着二人,淡淡地说:"你们二人侍奉我数日,应当知道,我并非轻易服从之人。二位身为蒙古人,与我这个南朝的汉人何来的情谊,回去吧!"

阿吉急忙道:"对先生仰慕,并不受到身份的影响,先生为何固执呢?"

文天祥道:"吾宋人无日不痛恨蒙古人南下,对蒙古人只有恨意,回吧!"

阿祥哭了起来,道:"先生若不答应,阿祥恐怕要丧命,阿祥的家人便也要世代为奴了。"

文天祥大笑道:"我大宋皇族亦为奴隶,蒙古人何来一点点怜悯之心?"

二人无言以对。

阿吉平静地说:"先生,欧阳夫人和文柳、文环二位娘子现在皆在东宫为奴。文先生如此坚持,明日她们母女便要进入教坊,沦为妓女了。"

九、忠贞不屈

说罢,阿吉起身,阿祥也面带泪痕地起身,二人平静地离去。

第二日,文天祥刚刚起床,便听到外面有喧哗之声。于是他令阿吉去看个究竟。阿吉看也不看他,也并不出门去看,淡淡地道:"是兵马司的人,先生这次大概可以得偿所愿了。"

文天祥心中一凛,这是说自己马上就要被处决了吗?当时便有元兵将他拖出门去。文天祥回头看时,二人站在门边,并不出来相送。

"看什么看,快走快走!"元兵不耐烦地推搡着文天祥,文天祥几乎要摔跟头。

果然,文天祥被关进了一个土牢,这土牢宽八尺,深三丈二尺,四面都是土墙,只有一个很小的门户。这样的土牢,往往是用来对付那些心智非常坚定的犯人的。这样的人并不惧怕严刑拷打,然而这小小的土牢对于他们来说,会在日复一日的寂寞中磨去他们的心智。文天祥对此早有准备,安之若素地在土牢中住了下来。

如此过了数日,伯颜首先好奇起来,便悄悄来到兵马司的土牢,想看看文天祥究竟在做些什么。伯颜从土牢的窗户往里面看见文天祥正盘腿在地上打坐,面容清癯,不见狼狈之态。

伯颜大为惊讶,找了个机会便向忽必烈提起文天祥的事。伯颜告诉忽必烈,文天祥在土牢之中仍然没有屈服之意。

"如此,非得将他折服不可!"忽必烈说道,文天祥越是不屈,他就越想使尽办法,让文天祥屈服并为自己所用。

伯颜便建议道:"南方的文人最爱抒发心志。不如给他提供纸和笔,隔日收上来,以此便可以了解他是否有一丝动摇。"

忽必烈觉得这个建议还不错,伯颜大大地松了一口气。不知为何,他自从见到文天祥以来,便总是对文天祥有惺惺相惜之感,

第九卷　崖山绝唱

一面希望文天祥能够投降于自己成为同僚甚至好友,一面又希望他不要折节变了品性,心里很是矛盾。文天祥在土牢之中,他便说服忽必烈供给纸和笔。对于一个文人来说,有了纸和笔,便可以战胜孤独。

忽必烈显然没有伯颜那样的"好心",等他想起文天祥被囚禁的事情,已经又过去了十来天。元主对文天祥会写些什么非常感兴趣,于是唤来伯颜和孛罗,一起看文天祥写了什么。忽必烈大为失望,因为文天祥甚至把元主希望他写投降书的纸张用来编纂了自己的诗集,并且起名为《指南后录》。

忽必烈对文天祥的行为大为不满,寻思着一定要让文天祥受尽苦楚,看他究竟能守节到什么地步。忽必然说:"文天祥的妻子和女儿去教坊有多久了?"

伯颜掐指一算道:"恐怕有一个月了吧!"

忽必烈来回踱步道:"文天祥与妻子感情很好,对女儿也很疼爱。做丈夫和父亲的,难道能够眼睁睁地看到妻女受辱不成?"

伯颜叹气道:"他那二女儿颇为不屈,想尽办法却没有逃出去。听说曾经写信给文天祥求助,不料信件被截,反而被教坊的人狠狠地教训了。"

忽必烈道:"既然如此,就告诉她,给她一个写信的机会,要她好好地写一封信,劝一劝她那食古不化的父亲吧!"忽必烈看了看伯颜和孛罗,最后对孛罗说,"这事还是你去办,你拿着信,再说降文天祥一次,如果他还是不肯低头的话,就让他自生自灭吧!"

孛罗来到教坊,说明来意,自有人将欧阳氏、环娘、柳娘唤了过来。孛罗扫视三人一遍,问道:"哪一位是文柳姑娘?"

九、忠贞不屈

一个湖水绿衫子的浓妆女子走上前来道:"便是小女子,不知道大人有何吩咐?"

孛罗仔细看时,发现文柳虽然妆容厚重,然而五官端庄、眉目秀丽,举止大方有度,虽然已为妓子,目光中仍然可见清亮之色。不由得心里可惜道:真是好教养,只可惜脂粉污了颜色。

孛罗于是正色道:"文天祥现在土牢中受刑,我主甚是怜惜他的才干。只是他担心家人,因此元主令我来取你们的书信一封,以安其心。你们何日离开教坊,就看这信怎么写了。听说文柳姑娘很会写信,就由她来写吧。"

文柳回头看了一眼母亲和姐姐,二人眼中皆有担忧之色。于是文柳答"是",坐在桌边执起了笔。

欧阳氏突然道:"柳娘,凡事以你父亲意愿为上。"

文柳低声道:"女儿晓得。"然后低头写起信来。

孛罗将文天祥召到枢密院,诚恳地告诉他:"这是文丞相你的最后一次机会了。若是答应下来,您仍然是文丞相,仍然是天下百姓的丞相!即使换了一个国号,您仍然是丞相啊!"

文天祥见孛罗言语诚恳,于是也诚心地答道:"我一生立志为大宋尽忠,宋亡了,我只有身死一途,但求速死。"

孛罗感慨地叹道:"当初瀛国公赵㬎刚刚被俘虏,你们便另外立了赵昰、赵昺为皇帝,又凭什么算是忠臣呢?既然可以另立皇帝,如今为何又拘束起来!"

文天祥缓缓地回答:"社稷为重,君为轻。即便另立皇帝,仍然是我大宋的血脉,血脉存,则大宋在!社稷之重,不在乎谁当大宋的皇帝。"

孛罗又问:"那你自问,你的所作所为,有什么功绩呢?"

第九卷　崖山绝唱

文天祥答："老夫做一天臣子尽一天责，实在只是尽了为人臣子的本分，又谈何功绩！"顿了顿，又说，"如今老夫只有一死，不必再说什么！"

孛罗当下无言以对，于是拿出一封信来，对文天祥说："听闻文先生的小女儿有才有貌，性格也随了您的刚烈不屈，因此在教坊中很是受苦。"

文天祥脸色大变，面如死灰，喃喃自语道："柳娘，柳娘，我的柳娘，我的女儿啊……"想到自己的掌上明珠先是为奴为婢，后又沦为妓女，文天祥心如刀绞，两行清泪顺着脸颊流下来。

孛罗同情道："事情的转机全看文先生您的决定了，是继续令明珠陷于污泥浊淖，还是，……文柳姑娘有一封信给您，我带了过来。"

说着，孛罗将信放在了文天祥面前。女儿的娇憨情态仍如在眼前，文天祥仿佛听到柳娘对他说："阿爹，我读了《女诫》。"自己却对她说："道理看看便罢了，我的女儿最重要还是要活得快活。"自己的明珠如今低落到了尘埃里，而这一切都是因为自己引起的。

文天祥展开信件，熟悉的笔迹映入眼帘："父亲大人在上……"

文柳在信中备言生活之苦，并追忆父女之情："日未出，人已起，日落仍然不得歇息，日复一日，迎来送往复强颜欢笑，若有不服从，动辄打骂……每每梦里忆起昔日在家时，仍不敢相信身在此下贱之地，亦不知今日何日……阿柳幼承庭训，对父亲大人仰慕甚深。求父亲大人回信为我解惑，阿柳一如既往遵守父亲大人训导。……吾母女尚平安，父亲大人亦要保重……"

文天祥在情与义之间挣扎不已，女儿信中仍有信任而并无怨恨流露，文天祥心如刀绞。在屋内来回踱步多时，直到茶凉了，天

九、忠贞不屈

黑了,仍然不能自拔。

侍卫进来道:"放风的时间已经到了。丞相有令,你若是今日不能答复,来日回信亦可。"

文天祥心中茫然,只有一个念头:来日回信?来日只不过令她期盼多一日,失望多一分而已!当下便道:"不必,我这就回信。"

于是当时便于灯下写信,一边写着,一边泪水打湿了信纸,留下斑驳的泪痕。文天祥写道:"身为人者,谁无妻儿骨肉之情,但今日事已如此,于义当死,乃是命也。阿爹救不得,奈何!奈何!……文柳吾女,记得水中之莲乎?出淤泥而不染,世上后人所记得的,是那莲花之美,却不是花根污泥。尔等既处那污泥中,亦要保重自身之高洁,不可轻易屈服!……痴儿莫问今生计,还种来生未了因!"信既已成,文天祥掷笔于地,只觉得心内之痛不知该如何形容,那桌子上的信件一眼也不能再多看,摇摇晃晃地站起身来,不回头地走出去了。

这是祥兴二年(1279)的冬天。新年来了又去,征服者与被俘虏者的较量似乎也告一段落了。文天祥已经习惯了土牢里面的生活,他觉得自己的余生有可能就在土牢里面度过了,然而又觉得自己既然经历了那么多的风波,结局定然不至于是这么平淡的。

来年的新年,他又见到了一个熟人。

李璇儿来了。

文天祥又惊又喜连声问道:"璇儿,你怎么来这里的?"

李璇儿看到文天祥面色黄瘦,衣服破烂,心中感慨,却微笑着平静回答:"托伯颜大人的福,还能再见先生一面。"

原来,伯颜见忽必烈及其他人都似乎忘记了文天祥,便寻思着还有什么法子能令文天祥动容。某一日他与阿术聊天说起了鄱阳

第九卷　崖山绝唱

湖水战的时候,女侠华训的种种事迹,猛然想起来,除了华训之外,文天祥另外有一位红颜知己,名为李璇儿,似乎与欧阳氏一起被俘虏了来。待查问的时候,果然发现了这个人。于是伯颜便见了李璇儿,直言希望她能够去说降文天祥,并且告诉她说,投降是文天祥最好的出路。

李璇儿说:"伯颜大人说得非常有道理,我答应了。"

于是伯颜便带着李璇儿来见文天祥。

文天祥问道:"你现在何处安置?"

李璇儿答:"随着大夫人一起北上,自然是安置在教坊的。"言毕,微微一笑,"李璇儿本就来自那里,现在回去,并无不适应。"

文天祥叹息道:"你来,是为了跟我说这些吗?"

"自然有一些话想要劝导先生。"

文天祥难以置信道:"难道你也是来说降我的吗?"

伯颜在旁,微微一哂。

李璇儿道:"并非如此,先生为何小看李璇儿?李璇儿虽出身教坊,祖父辈上却是军中将领,幼时曾愿望成为女将军,可恨宋军将领多倾轧,父兄居然蒙冤入狱,李璇儿因此入奴籍。心中感念大人收留在身边许多年,不因我为女流而看轻我,令我幼时的愿望得以实现。大人如今境遇,非舍身不能取义也!李璇儿虽为女子,今日以此身为大人前驱,愿大人忠义长存。"

言毕,拔下了一根磨得尖尖的簪子,刺入心窝,嘴角流出黑血来,竟是同时服毒了。

文天祥这半年来遭受的打击太多:国破、家亡、受辱,此时再经历生死离别,真是说不出话来,抱着李璇儿的尸身,沉默许久。

伯颜心中亦不是滋味,不发一言匆匆离去。

九、忠贞不屈

从此以后,文天祥像是真的被遗忘了,再也没有人出现在土牢里。

6. 正气歌

至元十九年(1282)八月,忽必烈在和大臣议事中讨论到南人与蒙古人的政令优劣,于是问道:"南方和北方的宰相,谁是品德和能力俱备的?"

有一个臣子出列奏称:"北人无如耶律楚材,南人无如文天祥。"

忽必烈想起来文天祥还在土牢中,想必这几年来,他的心智必定大不如前了,于是下谕:"给文天祥准备丞相的位置,令兵马司优待文天祥,给上等伙食。"

然而文天祥又一次拒绝了元人给他的优待。他得到消息,出海寻找岛屿的人已经回来,大宋王室亦有后裔准备送出,楚宁给他的信息让他安心许多,现在即便是立刻赴死也得偿所愿了。

所以侍者送回来的只有一篇《正气歌》:

> 余囚北庭,坐一土室。室广八尺,深可四寻。单扉低小,白间短窄,污下而幽暗。当此夏日,诸气萃然:雨潦四集,浮动床几,时则为水气;涂泥半朝,蒸沤历澜,时则为土气;乍晴暴热,风道四塞,时则为日气;檐阴薪爨,助长炎虐,时则为火气;仓腐寄顿,陈陈逼人,时则为米气;骈肩杂遝,腥臊汗垢,时则为人气;或圊溷、或毁尸、或腐鼠,恶气杂出,时则为秽气。叠是数气,当侵沴鲜不为厉,而予以孱弱俯仰其间,于兹二年矣,无恙。是殆有养致然,然尔亦安知所养何哉?孟子曰:"我

第九卷　崖山绝唱

善养吾浩然之气。"彼气有七,吾气有一,以一敌七,吾何患焉!况浩然者,乃天地之正气也,作《正气歌》一首。

　　天地有正气,杂然赋流形。下则为河岳,上则为日星。於人曰浩然,沛乎塞苍冥。皇路当清夷,含和吐明庭。时穷节乃见,一一垂丹青。在齐太史简,在晋董狐笔。在秦张良椎,在汉苏武节。为严将军头,为嵇侍中血。为张睢阳齿,为颜常山舌。或为辽东帽,清操厉冰雪。或为《出师表》,鬼神泣壮烈。或为渡江楫,慷慨吞胡羯。或为击贼笏,逆竖头破裂。是气所磅礴,凛烈万古存。当其贯日月,生死安足论。地维赖以立,天柱赖以尊。三纲实系命,道义为之根。嗟予遘阳九,隶也实不力。楚囚缨其冠,传车送穷北。鼎镬甘如饴,求之不可得。阴房阒鬼火,春院闷天黑。牛骥同一皂,鸡栖凤凰食。一朝蒙雾露,分作沟中瘠。如此再寒暑,百沴自辟易。哀哉沮洳场,为我安乐国。岂有他缪巧,阴阳不能贼。顾此耿耿在,仰视浮云白。悠悠我心悲,苍天曷有极。哲人日已远,典刑在夙昔。风檐展书读,古道照颜色。

忽必烈阅后,感叹不已:"没想到他竟养成浩然之气了!"不料这时候,有一个消息令处置文天祥的事再也耽搁不得了。

这件事要追溯到几年前的一封信。

当年,文天祥南下勤王之时见山河破碎,似有预兆,当时便令心腹小将名为韩令辰者,带领数千人悄悄地驾着大船出走,往海上寻找岛屿以作后盾,张世杰只知道文天祥要了大船,却以为是水军断后所用,并不了解文天祥的这番安排。可是不承想,大宋亡国那么快,以至于他们还没有回来,大宋便灭亡了。原本文天祥想着,

九、忠贞不屈

若是大船能够回来,岭南地区的大宋宗室也可以有个依托,不至于成为元人的平民。

两年前楚宁携华训北上大都的时候,得知此事,赞叹之余又觉得非常冒险,因为海上寻找岛国,并不是一朝一夕的事情,有时候甚至一去数年。若是将希望寄托在此处,不知道要等到何年何月。

但是令楚宁和文天祥都没有想到的时候,第二年,韩令辰悄悄回来了。来到广州,去寻找文天祥所留下的人时,却发现国破家亡,相熟的人们都不在了,只有一个楚宁尚且守着。韩令辰不认识楚宁,却十分信任华训,便将出海的事告知她。华训此时才知道文天祥的最后安排,道:"先生真是殚精竭虑啊!"

楚宁却详细地问起韩令辰所到之处的地理及风土人情。韩令辰道:"当时以为是一片陆地,后来发现是许多岛屿,岛上并无大麦,却有水稻,然而耕作很落后……四季炎热,下雨颇多,然而植物丰茂,颇适合繁衍生息。

"我们去的时候顺风而顺水,回来的时候又顺风而顺水,想必那里的洋流是随着季节变化的。到达的时候我们有四千多人,多为男子,现在有两千人跟我回来,有一些想要说服自己的家人同去的,也有不耐高温愿意回来的。

"现在我们的大船都驻扎在珠江口的海山,那里离陆地颇远,又有山石阻挡,并不容易被人发现。"

楚宁听了半晌,惊讶道:"你们莫非到了南洋?我听海上过来的人说,南洋多岛屿,四季如夏,人们不通文字,实在是未开化的荒蛮之地啊!"想了想又道,"如此也好,正如世外桃源了!"

当下几人商定已毕,韩令辰见楚宁做事井井有条,便请他安排。楚宁便令一股人在岭南、泉州寻找宋室子弟及宫人,尽述海外

第九卷　崖山绝唱

之事,愿意出海者都可跟随而去。如此数月,竟然集合了男女老幼万余人。韩令辰又设法购买大船,趁着洋流转向,便从珠江口隐秘出海而去。

楚宁将宋室子弟送出海之后,带着华训来到了中山府。这是离大都最近的一个地方,这一次楚宁倾尽了所有的力量聚集在这里,名为救出文丞相光复大宋,私心里想解决华训的执念。中山府数日间聚集了数千人,引起了当地人的警觉。

华训亦有所察觉,便对师兄道:"人数太多,已经引起警觉,此地不宜久留了。"

楚宁道:"正是。江湖人虽然有本事,却不服管教。这么多人,虽然都说是来救文丞相的,但是人多了难免走漏消息。没办法,事急从权,只好提前发动了!"

然而未等他们安排妥当,大元的探子已经打探到了此事。

朝廷立即下令戒备,对于文天祥的处置,也到了最后决定的时刻了。

至元十九年(1282)十二月初八,忽必烈召见文天祥,亲自劝降。文天祥被带到皇宫大殿上,长揖不跪。侍卫官强行让他下跪,他仍昂首挺立。

忽必烈暗暗赞叹,没想到这些年了文天祥仍然不改本色,真是钢铁般的心智!他对文天祥说:"你坐牢已经好几年了,如能改心易虑,忠心为我做事,当令你在中书省有一坐处。"

文天祥冷哼一声,坚定地回答:"大宋灭亡,只求速死,不当久生。"

"不愿当宰相就当枢密。"忽必烈旁的长吏说。

"不能当。"文天祥毫不含糊地回答。

九、忠贞不屈

"你究竟愿意怎么样?"忽必烈最后问道。

"但求一死足矣!"

忽必烈无可奈何,又觉得索然无味,便下谕:"明日便处决,文天祥既然求死,就成全他吧。"

公元1283年一月九日,这是文天祥就义的日子。这一天,监斩官率领士兵和乐队到兵马司监狱,顿时金鼓齐鸣。

文天祥神情泰然地环顾左右说:"我事毕矣!"即被戴上刑具,押到柴市。

到了刑场,文天祥大声问了数声:"哪边是南方?"得到回答后,遂即向南拜了两拜,从容就义,终年四十七岁。

此时中山府众人谁也不曾料想,数年的准备竟然一朝全部白费了——下令处决和行刑的日子竟然相隔仅一天。等他们得到消息赶到大都的时候,却赶上为文天祥收尸。众江湖人士便就地解散,有人自行离去,有人盘桓数日动辄大哭,后亦离去。王应梅得知此事后大哭不已并作文祭之,将原名"王应梅"改为"王炎午",然而这次再也没有人理会他了。

冬日,大雪。大都。

一个狭小的院子里,一个清冷的女声缓缓朗诵道:"吾位居将相,不能救社稷,正天下,军败国辱,为囚虏,其当死久矣!顷被执以来,欲引决而无间。今天与之机,谨南向百拜以死。其赞曰:孔曰成仁,孟曰取义,惟其义尽,所以仁至,读圣贤书,所学何事?而今而后,庶几无愧!宋丞相文天祥绝笔。"朗诵到最后,女子的声音呜咽不已。

上首的一位老妇人道:"这是我为先夫收尸的时候,在衣带间发现的一篇文字,乃是先夫绝笔之作,就由你来保存吧!"

华训大哭起来。

楚宁问道:"不知欧阳夫人有何打算?"

欧阳氏数年来身心俱疲,已是一个老妪的样子了,缓缓道:"自李璇儿自尽,环娘和柳娘随着蒙古公主远嫁他方,我这没用的人也从教坊除名了,自问这一生已经没有了牵挂。"

楚宁见她了无生机的样子,便问:"夫人可愿意随我们南下?栓儿正没有长辈教导。"

华训亦恳切道:"夫人请随我们南下吧。"

欧阳氏叹道:"是了,是了,栓儿亦是吾儿,岂有不理会他的道理?老妇自当随你们而去。"

于是待到雪过天晴,三人便结伴南下而去。